S.

Das Pochen

Zwei sonderbare Geschichten

Die Deutsche Nationalbibliothek verzeichnet diese Publikation in der Deutschen Nationalbibliothek; detaillierte bibliographische Daten sind im Internet über http://dnb.d-nb.de abrufbar.

Umwelthinweis:
Dieses Buch wurde auf chlorfrei gebleichtem Papier gedruckt.

© 2024 S. L. Tilleul (Thomas Bein)
Verlag: BoD · Books on Demand GmbH,
In de Tarpen 42, 22848 Norderstedt
Druck: Libri Plureos GmbH, Friedensallee 273, 22763 Hamburg

1. Auflage
Layout und Cover: Manuela Wirtz, Schüller
Coverbild: Thomas Bein

ISBN: 978-3-7693-1257-7
Printed in Germany

DAS
POCHEN

Zwei sonderbare Geschichten

S. L. Tilleul

INHALT

DAS POCHEN

Die Ereignisse, von denen hier erzählt wird, beginnen mit einem Bedürfnis, das jeder Mensch kennt, einem Bedürfnis, das ihn begleitet von seinem Anfang bis zu seinem Ende. Nein, ›beginnen‹ ist nicht das richtige Wort. Die Ereignisse nehmen gewaltig Fahrt auf, das trifft es besser. Sie *beginnen* nicht erst (begonnen haben sie viel früher), sondern *nehmen* – in unserem Falle gar wortwörtlich – *Fahrt* auf mit eben jenem Bedürfnis, das ausarten kann zu schlimmster Pein, wenn Darm und Blase im quälenden Sinne des Wortes auf Entleerung … *pochen.*

Oft beginnt es erst ganz weit entfernt zu pochen. ›Pochen‹ mag man es da noch gar nicht nennen, es ist zunächst ein nur leichtes, drückendes Gefühl, entweder in dem einen oder in dem anderen Organ, manchmal auch in beiden gleichzeitig und dann kann es zu spannenden Wettkämpfen kommen, wer (oder was) denn am Ende als Sieger … nun ja … hervorgehen wird.

Zunächst aber nur ein leichtes Kneifen, vielleicht ein kleines Piksen, mehr nicht. Schon bald aber wird das sanfte Kneifen – einmal rascher, einmal weniger rasch – stärker und zieht sich auch nicht mehr zurück. So nett, freundlich und zuvorkommend da am Anfang an diesen und jenen nervigen Schleimhäutchen – leise, fast schüchtern – auch angeklopft wurde, so hartnäckig wird jetzt gepocht.

In der Welt draußen pocht das Spezial-Einsatz-Kommando an die Tür und will *hinein*, in der Welt hier drinnen pocht ein anderes Spezial-Kommando und will *hinaus.* Beiden Kommandos gemein ist: Es wird so lange gepocht, bis das Ziel erreicht ist.

1

Pinkas saß in einem Zug und schaute aus dem Fenster. Der Zug hatte den Bahnhof noch nicht verlassen und stand still. Es war Abend, Frühherbst, sehr dämmrig bereits, nur ein paar schwache Sonnenstrahlen drangen durch eine Wand aus Glasbausteinen, die die Westseite des weitgehend offenen Bahnhofs von einem angrenzenden Wald abtrennte. Im Zug war es dunkel, schummrig. ›Wahrscheinlich‹, dachte Pinkas, ›weil der Triebwagen nicht hochgefahren und die Elektrik noch ausgeschaltet ist.‹

Von einem ›hohen Fahrgastaufkommen‹ – so bezeichnete das Bahnunternehmen große Mengen von Reisewilligen – konnte keine Rede sein. Der Bahnsteig war leer, jedenfalls soweit Pinkas ihn vom Fenster aus einsehen konnte. In seinem Wagen war er der einzige Fahrgast. Wohl der einzige Fahrgast. Wahrscheinlich der einzige Fahrgast. Er tastete den Waggon nicht ständig mit seinen Blicken ab – nach vorne, nach hinten, nach rechts, nach links. Sollte er es besser tun?

Es war auch niemand durch den Mittelgang an ihm vorbeigegangen. Wahrscheinlich niemand. Ja, er hatte längere Zeit aus dem Fenster geschaut, da hätte in genau diesen Momenten durchaus jemand durch den Gang huschen können. Aber dann völlig lautlos. So etwas kommt selten vor. Denn meistens keuchen die Leute, die durch den Mittelgang eilen, sie prallen rechts und links mit Taschen und Koffern gegen die Sitzreihen, sind gestresst und haben Angst, dass ihr reservierter Platz vom ganzkörpertätowierten Chef einer Zuhälterbande besetzt sein könnte und dass sich auch der Schaffner nicht mit solchen Typen anlegen will. Dann müssten sie einen anderen Platz suchen, würden sich schnaufend irgendwo hinsetzen, ein Taschentuch zücken, um den Schweiß von der Stirn zu wischen – aber da kommt doch eine Furie von Frau angestürmt, die vor Wut fast weinend herausschreit, dass es nun genug sei, dass sie *endlich* auch einmal *ihren* reservierten Platz wirklich *für sich* beanspruchen möchte … sonst … sonst … sonst … was?

Aber nein, solche Szenen spielten sich hier und jetzt nicht ab. Genug Platz für alle. Geringes Fahrgastaufkommen. Sehr geringes. Vielleicht saß noch jemand ganz vorne oder ganz hinten im Waggon, das war nicht auszuschließen. Pinkas saß in der Mitte, sodass er nicht weit nach vorne und auch nicht weit nach hinten blicken konnte, zumal es recht düster war. Pinkas müsste aufstehen und ein paar Schritte nach vorn oder nach hinten machen. Ob das aber klug wäre? Bestand denn eine Notwendigkeit, etwas kontrollieren zu müssen? Vielleicht schon. Vielleicht war er völlig allein, vielleicht, vielleicht, vielleicht gab es aber doch ein ganz geringes Fahrgastaufkommen, das sich weiter vorne oder weiter hinten oder gar in einem ganz anderen Waggon gemütlich eingerichtet hatte. Gemütlich?

Der Zug stand auf Gleis 4. Still stand er dort. Die Sonne ging allmählich unter, nur noch winzige rötliche Strählchen bahnten sich einen Weg durch die Glasbausteine, wurden dort gebrochen und streiften die Fensterscheibe, hinter der Pinkas saß und auf die Abfahrt des Zuges wartete.

Die aber wollte und wollte sich nicht einstellen. Er schaute auf seine Uhr. Noch gab es genug Licht, um rasch zu erkennen: Zehn vor sechs. 17 Uhr 50, müsste man genauer sagen. ›17 Uhr 50 ab Paddington‹, ging Pinkas plötzlich durch den Kopf, dieser feine Krimi von Agatha Christie, und fast noch feiner die kultische Verfilmung mit Margret Rutherford als Miss Marple.

›Oh, wieder mal falsch, mein Lieber!‹, konterte Pinkas, also jetzt ein anderer Pinkas. ›Der Roman heißt *Murder she said*. Und lediglich zu Beginn des englischen Films ist eingeblendet: *This is 16:50 from Paddington. Sechzehn Uhr 50, mein lieber Pinkas! Eine Stunde früher … früher!*‹

Der eine Pinkas schüttelte sich etwas angewidert, während der andere ihn so gnadenlos kritisierte und bloßstellte. Das machte er gerne und öfters. ›Nur gut‹, dachte der eine Pinkas, ›dass ein geringes Fahrgastaufkommen herrscht.‹ Und trotzig dachte er weiter: ›Ob 16 Uhr 50 oder 17 Uhr 50 … der Marple-Zug fuhr wenigstens.‹

Der Gedanke traf ins Schwarze. Nun schon mehr als zwanzig Minuten wartete Pinkas vergebens auf das erlösende Piepen sich schließender Türen, auf das sanfte Anruckeln des Fahrwerks, auf das erst langsame, dann immer schneller werdende Vorbeiziehen von Bahnsteigpfeilern, Reklametafeln, Schaffnerhäuschen, Bratwurstkiosken, Raucherecken und Winterstreukästen. Aber nichts zog vorbei. Gar nichts.

›Zug-Vögel!‹ Plötzlich schoss dieses Wort lautlos in und durch seinen Kopf.

»Zug-Vögel!«, prustete er gleich darauf laut heraus.

›Na, jetzt wird wohl augenblicklich irgendjemand irgendetwas antworten‹, dachte Pinkas, ›vielleicht ein leicht angetrunkener Scherzbold von ganz hinten, der *Vögel im Zug?* zurückfragt.‹

›… vielleicht aber *Vögeln im Zug?* meint‹, gab der andere Pinkas zu bedenken. ›Kommt drauf an, wie angetrunken der Scherzkeks ist. Ein *n* nach einem *l* zu artikulieren, ist je nach alkoholbedingter Einschränkung der Zungenfertigkeit nicht unbedingt die leichteste Übung.‹

Der eine Pinkas ließ sich jetzt auf keine Diskussionen ein, zumal auch ganz etwas anderes vorstellbar war. Dass zum Beispiel ein Schaffner heranstampft, einsfünfundsechzig groß, aber 150 Kilo schwer, sich atemlos vor Pinkas aufbaut und fragt: ›Was steht an, guter Mann? Das will ich wohl überhört haben. Ihren Fahrausweis!‹

Aber nein, es blieb alles ruhig, kein Vögeln im Zug, kein Schaffner. Die Zug-Vögel kehrten dorthin zurück, von wo aus sie gestartet waren: zu ihrem Nest in Pinkas' Hirn. Definitiv keine Hobbyornithologen im Waggon – und schon mal gar keine angetrunkenen.

2

›In Paddington fuhr der Zug pünktlich ab‹, dachte Pinkas. Er schaute erneut auf seine Uhr. Es war inzwischen dunkler geworden, so dass er Mühe hatte, die Zeiger zu erkennen. Es war wohl kurz nach sechs.

›Wann fährt dieser Zug endlich los?‹, fragte sich Pinkas.

›Und … hallo …‹, fragte der andere Pinkas, ›… wohin soll die Fahrt eigentlich gehen?‹

›Was stellt er heute wieder für Fragen!‹, empörte sich der eine Pinkas, musste sich aber insgeheim doch eingestehen, dass die Frage so dumm nicht war. Aber man war ja nicht verpflichtet zu antworten. Was sollte der andere auch schon machen? Er konnte ihn ja nicht zu einer Antwort zwingen. Das wäre noch schöner! Nein, da konnte Pinkas gelassen bleiben. ›Irgendwohin wird der Zug schon fahren, Hauptsache weg hier‹.

Auf dem kleinen Tischchen, das sich vor Pinkas' Sitz befand, lag eine Zeitung, die wohl jemand ausgelesen und freundlicherweise für Zweit- und Drittleser zurückgelassen hatte. In aller Ruhe war sie aber nicht ausgelesen worden, denn sie lag schief und zerknittert auf dem Tisch. Da war vielleicht jener Jemand überhastet aufgesprungen und hatte den Zug eiligst verlassen.

So etwas passiert: Man liest und liest, dann fallen die Augen zu, kleines Nickerchen, plötzlich Bremsenquietschen, harter RUCK, Augen auf, Blick aus dem Fenster, ›Hier muss ich doch raus!‹, zack-zack aufgesprungen, in den Gang hinein, vorgerannt, ohhhh neeeiiin, zurückgerannt, von der Gepäckablage die Reisetasche heruntergerissen, die, alle Regeln der Schwer- und Fliehkraft brav befolgend, mit Schwung von rechts oben nach links hinten-unten pendelt und einem Kind ins Gesicht knallt, das gerade in eine nagelneue mobile Spielekonsole vertieft ist, die natürlich von der Tasche gestreift wird und dem inzwischen schreienden Kind aus der Hand fliegt, im Mittelgang auf dem abriebarmen Teppichboden landet, sich ein paar Mal um sich selbst dreht, liegenbleibt, vor sich hin piept und vibriert und leuchtet ... und da latscht doch allen Ernstes ein kräftiger Fuß in einem noch kräftigeren Wanderschuh auf das Display, das zwar von einer Panzerglas-Folie geschützt zu sein scheint, aber ... KNIRSCH-KNACK ... dem Druck des Wanderschuhs mit letztlich zu schwachem Widerstand nachgibt und – für sich betrachtet durchaus ansehnliche – längere und kürzere, dickere und dünnere Äderchen auf und unter dem Glasdisplay hervorzaubert. Selbstredend, dass es jetzt zu Tumulten kommt: Panisch schreiendes Kind, empörte Mutter, aggressiv stampfender Vater (›*Sie* bleiben wohl besser mal stehen! *Sie* verlassen *diesen* Zug *nicht*! ... Schaffner, *Schaffner*!‹), von Panik ergriffener Wanderschuhträger, der rasch erkennt, dass angesichts drohender Lynchjustiz nur Flucht das Gebot der Stunde sein kann. Und so rennt er mit Konsolensplittern im Wanderschuh weiter, die Reisetasche schleudert nach wie vor bedrohlich durch die Luft, er stapft voran-voraus in Richtung des nächsten Ausgangs, den er gerade in dem Moment erreicht, in dem die Tür sich zu schließen beginnt, dann aber noch einmal widerwillig innehält, weil es da ein gewisses Störsignal im Lichtschrankenbereich gibt. Und … draußen ist er – und … drinnen ist seine Zeitung. Und: eine kaputte Spielekonsole, ein kreischendes Kind, ein herumtrampelnder Vater, eine kopfschüttelnde und den Tränen nahe Mutter.

So hätte es sich abgespielt haben können. Aber natürlich waren auch viel harmlosere Szenerien denkbar. Was aber jetzt zählte, war, dass auf dem Tisch ein *Second- or Third-Hand-Newspaper* geradezu aufreizend bereitlag.

Pinkas griff nach der Zeitung und begann zu lesen. Nein, nicht zu lesen, es war eher ein bloßes Wahrnehmen von Schriftzeichen, von einzelnen Buchstaben, einmal größere, einmal kleinere, hier fett, da nicht fett. ›Nicht fett‹ ist kein Fachausdruck. Drucker und Setzer nennen ›nicht fette‹ Buchstaben meist ›mager‹. Passt natürlich auch viel besser.

›Nur im Bett, das macht fett – ernähr dich mager und bleib hager – an mir ist doch ein verdammt guter Werbetexter verloren gegangen‹, dachte Pinkas.

W-e-l-t-p-o-l-i-t-i-k auf Seite 1 mit *W-e-t-t-e-r-p-r-o-g-n-o-s-e-n* unten links. Kommentare zu diesem und jenem auf Seite 2. Auf Seite 3 oben eine fette, nein, sehr fette Überschrift: *T-O-T-E   I-N   K-I-O-S-K   G-E-F-U-N-D-E-N*. Pinkas blätterte weiter. Auch die nächste Seite 4 drehte er nach kurzem Blinzeln mit beherztem Ruck um. Die Seiten 5, 6 und 7 waren dem Sport gewidmet, erst *S-p-o-r-t   i-n   d-e-r   W-e-l-t*, dann wurde es bescheidener: *Sport in unserer Region*. Pinkas nahm jetzt mehr und mehr auch von einem zum anderen Leerzeichen reichende Kombinationen aus mageren oder fetten Buchstaben wahr. Er erfasste ganze Wörter, so könnte man auch sagen. Ein ›Lesen‹ im eigentlichen Sinne war das allerdings noch nicht zu nennen. Fast wortwörtlich *überflog* er die Artikel nur, als ob seine beiden Augäpfel an Seilen hingen und über der Zeitung hin und her pendelten. Interesse hatte er an den Texten und den in ihnen ruhenden Menschen und Welten ganz offensichtlich nicht. Die Worte und Wörter kamen zwar irgendwo in seinem Hirn an und lösten dort zweifellos irgendwelche Reize aus, die aber ganz schnell wieder verblassten, verpufften, wie Seifenblasen zerplatzten – und zerplatzte Seifenblasen hinterließen bekanntlich keinerlei bleibende Eindrücke. Meistens nicht. Es kam natürlich ein wenig darauf an, wohinein und wie fest gedrückt wurde. Aber so wirklich fest ließen sich Seifenblasen nicht drücken. Weiß doch jedes Baby.

In der Region ging es sehr sportlich zu: Es wurde berichtet von Kreisliga-Fußballspielen, Altherren-Tennis und ausführlich von Juliane – Jülchen – Chiuph, dem dreizehnjährigen Sprintwunder von der Südring-Realschule. *C-h-i-u-p-h* – wie mochte man das wohl aussprechen? *Chüpf? Schüpf? Schi-u-p?* Wo die Eltern wohl herkamen? Oder einer oder eine von ihnen? Indien? Türkei? Ägypten? Indonesien? China? Der Vater vielleicht aus Indien oder die Mutter aus Fernost. Dann wäre *Juliane – Jülchen* Ergebnis angewandter Integrationsnachhilfe. Naja, schwer zu sagen. Es gab leider auch keine Fotos von Jülchen.

Drei Spalten weiter konnte man sich noch durch die Lektüre eines Interviews mit Frau Dr. Caroline Rand (67), pensionierte Lehrerin für Sport und Geschichte, inspirieren lassen, Jugendsportgruppen ehrenamtlich zu unterstützen.

Inspirieren ließ sich Pinkas freilich nicht. Dazu nicht.

Er blätterte weiter und weiter, wie eine Maschine, wie ein Roboter. Die vorletzte und letzte Seite waren der Rubrik *Vermischtes aus Nah und Fern* gewidmet. Ein kleiner Artikel trug die Überschrift *Konditor seit zwei Jahren vermisst. Noch immer keine Spur.* Dann folgte die Nachricht: ›Nunmehr schon seit zwei Jahren wird Konditor S. L. vermisst. Zuletzt wurde er in der Nähe eines Uhrengeschäftes gesehen, das aber bereits seit etlichen Jahren leer steht. Die Polizei schließt ein Verbrechen nicht mehr aus und hofft, mit Hilfe eines Profilers und der Öffentlichkeit neue Ansätze zu finden.‹

Pinkas faltete die Zeitung ordentlich zusammen und legte sie auf den Tisch zurück. ›Das ist schon toll‹, dachte er etwas schelmisch, ›man liest eine Zeitung *aus* und dennoch bleibt alles *drin*. Für immer und ewig, könnte man fast sagen. Ist schon toll.‹ Ganz ehrlich war diese ›tolle‹ Begeisterung aber nicht. Eigentlich überhaupt nicht ehrlich. Und das wusste zumindest der andere Pinkas, der gleich einhakte: ›Ist das wirklich so toll?‹

Nun war allerdings jetzt nicht die Zeit, Bedenken zu äußern, rumzumäkeln, zu kritisieren. Viel wichtiger war nämlich herauszufinden, wann dieser Zug wohl losfahren würde und wohin die Reise ginge, würde sie denn irgendwann einmal einen Anfang nehmen. Das interessierte den einen und auch den anderen Pinkas. Da waren sie sich einmal einig.

Aber es ging einfach nicht los. Draußen und drinnen wurde es immer dunkler. Der Zug gab nicht die geringste, nicht die leiseste Erschütterung oder Vibration von sich. Wie schön wäre das doch gewesen! Ein zartes Brummen, gefolgt von einem Aufflackern der Lampen im Waggon,

das ›Die Türen-schließen-sich‹-Warnpiepsen und dann …
die erste quälend-quietschende Umdrehung der massiven
Räder.

Aber nein, es brummte nichts, es flackerte nichts, es
piepste nichts, es drehte sich nichts.

Stattdessen pikste etwas.

3

›Da pikst was‹, dachte der eine Pinkas, während der
andere beschwichtigte: ›Ach was, und wenn schon,
das gibt sich wieder.‹

Pinkas schaute auf die Uhr, ohne eigentlich wissen zu
wollen, wie spät es war. Er griff zum zweiten Mal nach der
Zeitung, faltete sie auf und rasch wieder zu. Zurück auf
den Tisch. Unordentlich gefaltet und zerknittert. Miss-
mutig schaute er auf das seltsame Papiergebirge, setzte
neu an und legte die Zeitung nun geradezu pedantisch
zusammen und strich sie, so gut es eben ging, mit etwas
zittriger Hand glatt. Er strich und strich. Von links nach
rechts, von rechts nach links, von unten nach oben, von
oben nach unten. Je mehr er strich, umso mehr verdüs-
terte sich seine Miene.

›Die Buchstaben bleiben einfach drin in der Zeitung,
da kann ich streichen, wie ich will.‹ Ein wenig Drucker-
schwärze löste sich zwar, sie verschmierte Papier und seine
Handkante, mehr aber geschah nicht. Was auf den Zeitungsseiten stand, blieb dort stehen. Da lag sie nun, geradezu gebügelt, vielleicht schon ein paar Mal *ausgelesen*,
zusammengelegt, geglättet, wieder aufgeblättert, zusam-
mengefaltet, plattgedrückt. Aber niemandem war es gelungen, der Zeitung die mageren und fetten Buchstaben

wegzulesen, sie regelrecht herauszulesen. Auch Pinkas war das nicht gelungen – aber gut, man musste hier zugestehen, dass er nicht wirklich gelesen, sondern nur seine Augen hatte pendeln lassen.

Schon wieder pikste etwas.

Pinkas schnappte sich erneut die Zeitung – ein wirklich anstrengender Tag für sie! Sein Roboterarm blätterte sie schneller und schneller und schneller durch bis zum *Vermischten aus Nah und Fern*. Kurzes Innehalten … als habe eine elektronische Störung den Arm gelähmt. Die Augen gaben ihr Pendeln für einen Moment auf und hingen still an ihren Seilen – wie Köder an Angelhaken. Sie starrten auf die Nachricht, dass in einem Zoo in Spanien zwei neugeborene Tigerbabys die ersten Tage leider nicht überlebt hatten. *PLOPP*, machte die Seifenblase – und die Wörter waren verendet wie die Tigerbabys. Dann ein leichtes Schwenken der Angel nach rechts: *Mordermittlungen ohne Erfolg*. Dieser Artikel informierte darüber, dass eine alleinstehende Frau, verdächtigt der Anstiftung zum Mord an einem Patienten ihres Bruders, eines über die Stadtgrenzen hinaus bekannten Psychotherapeuten, wieder aus der Untersuchungshaft entlassen werden musste. Die ohnehin wenigen Indizien hätten sich als viel zu schwach für eine tragfähige Anklage erwiesen.

Pinkas holte die Angel ein. Es pikste wieder. Die Angelhaken waren das aber nicht.

Er gönnte den Augen eine Auszeit und schloss sie. Geräusche gab es ja schon vorher so gut wie keine, jetzt aber, nachdem sich die oberen und unteren Augenlider getroffen hatten, war es wirklich *vollkommen* ruhig. Denn: Die Buchstaben in ihren abwechslungsreichen Zusammenstellungen hatten zwar nichts laut gesagt, als Pinkas sie mit den Augen überflogen hatte, aber sie hatten doch etwas in seinem feinen Hirn-Nest zum Klingen gebracht.

Auch die dunkelroten Sonnenstrahlen kurz zuvor hatten keine Töne von sich gegeben, aber irgendwie doch. Wie sie sich so durch die Glasbausteine zwängten … da stöhnte es durchaus. Wie sie da an die Scheibe des Waggonfensters anlangten … da raschelte, schwirrte und surrte es durchaus. Aber jetzt: Augen zu! Kein Klingen, kein Stöhnen, kein Surren.

Pinkas sah nichts. Pinkas hörte nichts. Pinkas saß da, in diesem Waggon, irgendwo in der Mitte, wahrscheinlich allein, vielleicht noch jemand ganz vorne, vielleicht noch jemand ganz hinten, jedenfalls geringes Fahrgastaufkommen, sehr geringes.

Er sah nichts, er hörte nichts. Aber er spürte etwas. Dieses elende Piksen, es wollte einfach nicht aufhören. Im Gegenteil.

›Das gibt sich schon wieder‹, versuchte der eine Pinkas zu beruhigen, aber die Ruhe war ein für alle Mal dahin. Aus dem Piksen wurde ein Drücken.

Der eine Pinkas: ›Da drückt was...‹

Der andere Pinkas: ›… merke ich jetzt auch.‹

Der eine Pinkas: ›Jetzt pocht es.‹

Der andere Pinkas: ›Ja, muss man so sagen. Es pocht.‹

Pinkas stand auf und sah sich um. Zum Glück war er in einem Waggon eines Fernzuges. Und in solchen Waggons gab es Toiletten. Das Fahrgastaufkommen war ja gering, das war inzwischen eine unbezweifelbare Tatsache, also dürfte es ein Leichtes sein, dem Pochen angemessen zu begegnen. Pinkas stand auf. Sollte er nach links oder nach rechts gehen? Die Entscheidung wurde ihm abgenommen. Obwohl es sehr schummrig war, wies ihm ein freundliches Hinweisschild, das aus den Buchstaben *WC*, einem Mann- und einem Frau-Icon sowie einem dicken Pfeil bestand, den kürzesten Weg. Nach rechts! Pinkas setzte den linken Fuß in den Mittelgang, drehte sich aber noch rasch zum Tisch vor seinem Sitzplatz um und nahm die Zeitung mit. Alte Angewohnheiten gab man auch in Zeiten heftigen Drückens und Pochens nicht auf. Er schritt durch den düsteren Mittelgang nach rechts. Ein wenig Licht drang hier und da noch durch ein Fenster links, durch ein Fenster rechts, aber es war schon sehr, sehr dunkel und Pinkas musste Obacht geben, nicht zu stolpern. Immerhin leuchtete am Ende des Waggons über der Verbindungstür zum sich anschließenden Zwischenraum mit Toiletten, Abfallbehältern, Ein- und Ausstiegstüren ein kleines gelb-grünes Lämpchen, wohl eine Art Notbeleuchtung.

›Was für ein Lichtblick!‹, dachte Pinkas. Der Lichtblick offenbarte aber auch, dass sich zumindest in diesem hinteren Waggonteil niemand aufhielt. Außer Pinkas. Die Verbindungstür stand glücklicherweise offen und Pinkas betrat den kleinen Raum zwischen seinem und dem folgenden Waggon. Aufgrund der Abfallbehältnisse und der eingebauten Toiletten war der Zwischenraum sehr beengt, vielleicht vier oder fünf Meter lang und nur etwa zwei Meter breit. ›Dem Himmel sei Dank für das geringe Fahrgastaufkommen!‹, dachte Pinkas. Zwei Türen gaben durch je zwei Buchstaben – *WC* – zu erkennen, wohin sie führten. Aber nur eine Tür stand Pinkas offen. Die andere war exklusiv einem besonderen Publikum vorbehalten, wie ein knallrotes Schild unmissverständlich zu erkennen gab: *Nur für Personal*. Etwas seltsam kam Pinkas vor, dass das Schild leicht schief hing.

Aus irgendeinem schelmischen Grund und unter fast schon bösartiger Nichtbeachtung des Piksens, Drückens und Pochens zog Pinkas an der Klinke des VIP-Klos. Verschlossen!

›Hättest du dir doch denken können!‹ rügte der eine Pinkas.

›Das Klo weiß aber doch nicht, dass ich nicht zum Personal gehöre!‹, begann der andere Pinkas eine rabulistische Erörterung, die aber dank heftiger werdendem Pochen rasch ein Ende fand.

Die andere Tür öffnete sich widerstandslos, geradezu bereitwillig, liebevoll einladend. Pinkas überschritt die Schwelle.

4

Der linke Fuß machte den Anfang, ihm folgte das linke Bein. Das ganze Körpergewicht verlagerte sich nun nach links, der rechte Fuß löste sich vom abriebfesten Teppichboden, federte nach vorn, suchte seinen Bruder Linksfuß, gesellte sich ihm zu, zog das rechte Bein und sodann die ganze übrige rechte Körperhälfte nach. Pinkas war angekommen. Die Tür war nach innen aufgegangen. Er hatte etwas Mühe, sich so weit in den hinteren Bereich des Etablissements zurückzuquetschen, dass die Tür seinen etwas fülligen Bauch passieren konnte. Aber es ging. Er knallte die Tür zu.

Jetzt war es schlagartig stockduster. Dem wenigen schummrigen Restlicht aus dem Zwischenraum hatte die Tür erbarmungslos den Zutritt verwehrt. Fast hörte man den Nachtclub-Türsteher leise, aber doch mit durchsetzungsstarkem Nachdruck sagen: »Licht kommt hier nicht rein, okay? *Okay*?«

Mit einem beherzten Drehschwung seiner rechten Hand verriegelte Pinkas die Tür. ›Eigentlich nicht nötig‹, dachte er, ›ist ja keiner sonst hier.‹ Aber ganz sicher konnte er nicht sein.

Dann geschah das, was man von Zahnarztbesuchen kennt: Kaum sitzt man im Wartezimmer, sind die Schmerzen verschwunden. So war das nun auch mit dem Pochen. Allerdings beschränkte es sich auf eine kleine, nur ganz kurze Pochpause, und Pinkas war denn doch froh, den Weg zum erlösenden Dentisten eingeschlagen zu haben.

Es währte auch nicht mehr lange, bis tatsächlich …
Himmlische Erlösung eintrat!

Der Zahnarzt spritzt das Betäubungsmittel rund um den bösen Zahn, das pikst beim ersten Mal ein wenig, aber schon der zweite Stich ist nicht mehr zu spüren, es folgen der dritte, der vierte und dann ist Ruhe im Kiefer. Nichts pikst mehr, nichts drückt mehr, nichts pocht mehr. ›Hier ist ein Tüchlein zum Tupfen. Spülen Sie einmal um und aus‹, sagt der Zahnarzt.

Und das tat Pinkas willig. Wie schön das war! Behandlung beendet!

Pinkas erhob sich, spülte noch einmal. Eigentlich unnötig und nicht umweltbewusst. Die Vakuumtechnik erzeugte zunächst ein leicht gurgelndes Geräusch, gefolgt von einem implosionsartigen Knacken und Zischen. ›Erstaunlich, dass das funktioniert!‹, dachte Pinkas, ›der Zug liegt zwar ermattet auf seinem Gleis, aber ein ganz klein wenig steht er wohl doch unter Strom.‹ Pinkas schaute in den Spiegel, der über einem Waschbecken montiert war. »Guten Tag, mein Freund!«, sagte er laut. Und dachte: ›Ich kann dich sehen!‹ In der Tat, das war so.

Denn es war doch nicht ganz stockdunkel. Das schien am Anfang so gewesen zu sein, aber da war Pinkas noch mehr auf die Spritze des Zahnarztes konzentriert und auf das Um- und Ausspülen. Aber jetzt konnte er sich doch tatsächlich sehen. Woher kam das Licht? Der Türsteher hatte dem Licht den Zugang doch klar und deutlich verwehrt. Nun ja, mit Licht ist es fast wie mit Wasser – es findet immer einen Weg. Wasser hat es zuweilen leichter, aber das Licht ist nicht zu unterschätzen, es kann Haken schlagen und sich durch Ösen zwängen.

Aber durch welche Öse, hier in dem kleinen Dentistenabstellräumchen? Pinkas schaute in Richtung Tür, aber da war alles hermetisch dicht. Der Türsteher hatte ganze Arbeit geleistet. Fenster? Gab es denn ein Fenster? Es musste doch beim Zahnarzt ein Fenster geben!

›Mein lieber Freund, nur mal kurz eingeworfen, wir sind nicht beim Zahna…‹

Ja, das war richtig. Aber gerade dann, wenn es gar kein Behandlungsliegestuhl war, von dem er sich eben erhoben hatte, gerade dann müsste man doch ein Fenster … also, bräuchte man doch ein Fenster … also, wäre ein Fenster, das man öffnen kann, nicht ganz fehlgeplant.

Nein, Planung hin, Fehlplanung her – ein Fenster gab es hier nicht. Da erinnerte sich Pinkas an das leicht flackrige, gelb-grüne Notlicht am Ende seines Waggons. ›Das wird es sein!‹, dachte er stolz und suchte die Decke mit seinen Augen ab. Die hingen jetzt nicht mehr an Angelschnüren und baumelten lustlos herum, sondern hatten wieder Spannkraft in ihren Höhlen und taten, was Befehle aus Pinkas' Hirn ihnen auftrugen. Sie suchten Zentimeter für Zentimeter die Decke ab – nichts. Sie suchten Zentimeter für Zentimeter die Wände ab – nichts. Sie suchten Zentimeter für Zentimeter den Boden ab – und … Bingo! – da leuchtete doch was.

›Notlicht im Boden‹, dachte Pinkas, ›etwas seltsam geplant, oder?‹

›Nun ja, denk an Flugzeuge, an Leuchtstreifen auf dem Boden‹, warf der andere Pinkas ein, ›die Leute gucken nach unten, wenn's brenzlig wird, oder?‹

›Ach, brenzlig…‹, entgegnete der eine Pinkas, ›was soll denn hier im *Behandlungsraum 1* brenzlig sein…?‹

›Na, warten wir mal ab…!‹, gab der andere Pinkas zu bedenken.

5

Tatsächlich war dort, wo Boden und Wand in rechtem Winkel aufeinandertrafen, eine Leuchtdiode zu erkennen – und zwar links vom Behandlungsstuhl, gegenüber von Waschbecken und Spiegel, in dem sich Pinkas betrachtete und noch einmal grüßte, diesmal laut und deutlich.

»Guten Tag, mein Lieber!«

Er drückte auf einen kleinen Knopf am Waschbecken, rechnete aber nicht damit, dass daraufhin Wasser aus einem kleinen Hahn sprudeln würde. Aber genau das geschah. Es sprudelte zwar nicht, sondern tröpfelte eher, aber man konnte die Hände ordentlich durchfeuchten. Er formte aus beiden Händen kleine Becken, sammelte etwas Wasser darin und schlug sie mit Schwung in sein Gesicht. Das tat gut. Reflexartig hatte er die Augen kurz zusammengekniffen, dann, als das Wasser langsam von der Stirn über Wangenknochen, Nase und Mund nach unten rann, öffnete er sie wieder. Er blickte in den Spiegel. Auf dem Gesicht waren noch ein paar Wasserperlen zu sehen, die sich nicht entschlossen hatten herunterzutropfen. Pinkas übernahm das Kommando und wischte sie mit seiner linken Hand ab. Er suchte nach Papierhandtüchern und wurde fündig, der Spender an der Wand neben dem Waschbecken war randvoll. Er tupfte sein Gesicht und danach seine Hände mit einem Tüchlein ab. Schon wollte er es in ein dafür vorgesehenes Loch in der Wand werfen, als er stutzte.

Auf dem Tuch befanden sich dunkle Flecken. War das Dreck? Er bugsierte das weiche Papier ganz dicht an seine Augen heran. Dreck war das nicht. Das Dunkle war rot.

Ein Gefühl, als ob ihm jemand mit wütender Wucht in den Magen geschlagen hätte, durchschoss Pinkas. Nicht im Geringsten zu vergleichen mit dem Pochen einige Minuten zuvor. Ganz anders. Da hatte zwar etwas rumort und gepikst und gepocht, aber nun wütete etwas in ihm. Und zwar die *nackte Angst*, wie man manchmal sagt. Sie breitete sich in Blitzesschnelle nach unten in die Beine aus. Die begannen zu zittern und drohten ihren *Dienst am Aufrechten Gang* einzustellen. Zum Glück war *Behandlungsraum 1* so klein, dass Pinkas sich ohne Mühe links, rechts, vorne und hinten abstützen konnte, wohin auch immer die wackligen Beine ihn schubsten. Die *nackte Angst* schoss aber auch nach oben, sauste am Herzen vorbei, trieb es zu olympiaverdächtigen Schlagfrequenzen an und arbeitete sich bis ins Hirn vor. Von Zug-Vögeln war dort nichts mehr zu sehen.

Stattdessen öffneten sich Vorhänge für Filmvorstellungen, auf die Pinkas gerne verzichtet hätte. Zumindest der eine Pinkas.

6

Pinkas ließ sich auf seinen Logenplatz fallen. Die Beine wollten einfach nicht mehr. Aber alles gut – im Kino saß man ja auch. Pinkas hielt noch das Papiertuch mit den roten Flecken in der Hand. Er knüllte es jetzt zusammen, so fest, wie die *nackte Angst* es zuließ, und stopfte es in das Abfallloch in der Wand.

Aus den Augen.

Mit ›Aus dem Sinn‹ wurde es aber nichts.

Pinkas tastete sein Gesicht ab. Weh tat dort nichts.

›Vielleicht habe ich mal wieder Nasenbluten‹, dachte der eine Pinkas.

›Mach dir nichts vor‹, zerstörte der andere sofort jedes Bisschen aufkeimender Hoffnung, ›du hast in deinem ganzen Leben vielleicht zwei Mal Nasenbluten gehabt. Du weißt genau, dass die roten Flecken nicht vom Nasenbluten herrühren.‹

Pinkas öffnete seine Hände und hielt sie leicht nach unten in Richtung Notlicht. Sie zitterten noch ein wenig. An den Händen war kein Blut zu sehen. Also war auch im Gesicht jetzt kein Blut. Kein Blut *mehr*. ›Irgendwoher müssen die roten Flecken ja gekommen sein‹, dachte Pinkas. ›Wangenrouge benutze ich eher selten. Und eine Schönheit mit roten Lippen hat mich auch nicht geküsst.‹

›Es ist schon peinlich mit dir‹, sagte wieder der andere Pinkas. ›Gerade noch fällst du vor Angst fast in Ohnmacht und jetzt kommt schon wieder der *Alles-halb-so-wild-Kasper* zum Vorschein. Lehn dich zurück, schau dir den Film genau an! Dunkel genug ist es ja schon.‹

In der Tat: Die Lichtverhältnisse im *Behandlungsraum 1* waren mit denen in einem Kino vergleichbar. *Sehr* dunkel, aber aus feuerpolizeilichen Gründen nicht *völlig* dunkel. Eine Notbeleuchtung war Pflicht. Beim Zahnarzt und hier im Kino. Pinkas saß da, auf seinem harten Logenstuhl, und wartete darauf, dass der Film gestartet wurde.

Und tatsächlich, da knackte es doch irgendwo. Aber wo? War das der Filmvorführer gewesen, irgendwo außerhalb der Loge? Das kam von außen. Von der Tür her? So ein huschendes Drücken! Pinkas lauschte.

Aber nichts weiter geschah. Kein Film weit und breit. Und zugegeben: Es gab ja auch keine Leinwand. Pinkas starrte auf die Tür, die sich etwa 50 oder 60 Zentimeter vor ihm befand. Eine Cinemascope-Leinwand war das wahrlich nicht.

›Der Zug fährt nicht und der Film fängt nicht an!‹, stöhnte Pinkas. Er überlegte, was er sonst immer getan hatte, wenn er in einem Kino gewesen war und darauf gewartet hatte, dass das Licht langsam erlosch, sich der Vorhang zur Seite schob, die Leinwand freigab und mit leichtem Blitzen der Film begann. Nun, er hatte Eiskonfekt genascht oder etwas getrunken.

Trinken!

Pinkas bekam Durst, jetzt, wo er an eine Flasche kalte Limonade mit Trinkhalm dachte. Da war allerdings nun schwer heranzukommen. Aber es gab ja immerhin Wasser. Pinkas musste sich gar nicht erheben. Hier im *Behandlungsraum 1* war alles nah beieinander, das war mit Bedacht konstruiert worden. Wieder formte Pinkas mit einer Hand eine kleine Schüssel und mit der anderen drückte er auf den Wasserknopf. Es tröpfelte in das Schüsselchen.

Aber dann ein erneuter Schreck: *Kein Trinkwasser*, stand auf einem Schildchen neben dem Wasserhahn. Darunter für französische Patienten: *Eau non potable*. Und für englische: *No drinking water*. Einen Augenblick zögerte Pinkas, überlegte, das Schildchen nicht gesehen zu haben und das wenige Wasser, das sich noch in seiner Handkuhle befand, aufzuschlecken. ›Wie ein Hund‹, dachte er.

Aber es war nicht so einfach, etwas, was man gerade gelesen und auch verstanden hatte, wieder aus dem Kopf

26

zu entfernen. Man denke an die guten alten Radiergummi-Quälereien aus der Schulzeit. Radiergummis bekommen eigentlich nie alles restlos weg, und selbst, wenn man immer und immer wieder radiert, hin und her, von links nach rechts und von rechts nach links und von oben nach unten und von unten nach oben, irgendwas bleibt, ein kleines Pünktchen, ein Strichelchen, tief in den Fasern des Papiers. Diese Grafitmikroben, diese Tintenmoleküle, sie treiben in den Wahnsinn, immer erboster, immer ärgerlicher, immer wütender radiert man weiter, rechts, links, oben, unten – unten, oben, links, rechts. Und dann, ganz plötzlich, oh Wunder: Das Ziel scheint doch erreicht. Da steht nichts mehr, gar nichts, kein Mikröbchen, kein Molekülchen. Aber man kann auch nichts Neues mehr schreiben, was Nettes, Freundliches, was Schönes … was *Richtiges*. Das Papier ist zerstört, da klafft nur noch ein Loch mit zerknitterten Rändern, wo zuvor *Kein Trinkwasser* gestanden hatte. Nein, etwas von Papier zu tilgen war genauso schwierig, wie Gravuren aus dem Gehirn zu entfernen – es sei denn, man hinterlässt Löcher mit ausgefransten Rändern.

Pinkas öffnete die Hand und ließ die zwei, drei Rinnsale des nicht trinkbaren Wassers ins Becken abtropfen. Er hatte zwar Durst, aber auf erneute Magenkrämpfe und anschließendes gnadenloses Pochen wollte er doch gerne verzichten. Aber genauso wenig, wie *Kein Trinkwasser* nicht so ohne weiteres wegzuradieren war, ließ sich der *Durst* löschen.

Hier auf dem Logenplatz gab es also nichts zu trinken. Vielleicht im Vorraum zum Kinosaal?

›Du bist nicht wirklich im Kino!‹, sagte der eine Pinkas. Vielleicht war es auch der andere. ›Ja, ich weiß. Bin in einem Zug, der nicht fährt. Bin in einer Toilettenkabine. Ich weiß ja.‹

›Vielleicht gibt es einen Speisewagen, wo man etwas trinken könnte‹, schlug der eine oder andere Pinkas vor. ›Und womöglich auch etwas essen könnte.‹

Gedacht, getan. Pinkas stand auf, die Beine hatten wieder etwas Kraft gewonnen. ›Also raus hier!‹

Pinkas drehte am Riegel des Türschlosses. Klack! Klack! Er drückte die Klinke herunter, zog seinen Bauch ein wenig ein und die Tür zu sich nach innen. Versuchte er jedenfalls. Das Baucheinziehen war aber gar nicht nötig. Denn die Tür öffnete sich nicht.

Keinen Millimeter.

7

Pinkas drehte noch einmal am Riegelknauf. Klack! Klack! Das ließ der Knauf ohne Widerstand zu. Einen solchen leistete die Tür aber umso mehr. Sie blieb fest verschlossen. Ein Gemisch aus Panik, Angst und Hoffnungslosigkeit breitete sich in Pinkas aus. Die Knie wurden erneut weich.

›Das kann nicht sein!‹, machte der eine Pinkas dem anderen etwas Mut. ›Versuch's noch einmal!‹

Die Lage veränderte sich indes nicht.

›Rüttel mal!‹, befahl Pinkas. Und Pinkas gehorchte. Er ergriff mit beiden Händen die Klinke und drückte und zog und drückte und zog – aber die Tür gab nicht die geringste, nicht die leiseste Bewegung von sich. Ein winziges Zittern nur, das wäre schon ein Zeichen für Hoffnung gewesen. Aber nichts tat sich da. Gar nichts. Die Tür schien wie von außen festgeschweißt zu sein.

›Das kann nicht sein!‹, versuchte es einer der Pinkas erneut, aber der andere überhörte es, hatte schneller als der eine die Sinnlosigkeit solchen Aufbegehrens, solchen Nicht-wahr-haben-Wollens erkannt. Die Tür war so felsenfest verschlossen wie die eines Tresorraums einer Bank. Eigentlich war es gar keine Tür mehr. Der Zahnarzt hatte eine weitere Wand eingebaut. Augenscheinlich lag ihm sehr viel an seinem Patienten.

Pinkas setzte sich. Seine Knie und Oberschenkel zitterten. Schweißperlen tropften von Stirn und Schläfen auf seine Arme und Hände. Die Perlen waren immerhin unschuldig weiß und durchsichtig. Also blutete er nicht am Kopf, das konnte Pinkas nun ausschließen. Wenigstens das.

›Das ist doch schon was‹, begann der eine Pinkas und versuchte, die Stimmung etwas zu heben. ›Denk nach! Du hast schon andere Situationen gemeistert. Klopf doch mal fest an die Tür, irgendjemand wird doch irgendwo in diesem Zug sein. Ruf laut um Hilfe, das wird schon jemand hören, auch wenn's ein bisschen länger dauert.‹

›Das sollten wir lieber nicht tun, mein Bester‹, sagte der andere Pinkas. ›Dann hätten wir verloren, wahrscheinlich endgültig verloren. Meinst du nicht?‹

Eine Zeit lang herrschte Ruhe zwischen den beiden Pinkas. Da saßen sie auf dem Kinosessel und starrten die Tür an, die eine zahnärztliche Metamorphose zu einer vierten geschlossenen und fensterlosen Wand durchgemacht hatte.

Der *Behandlungsraum 1* war wirklich sehr klein, er kam Pinkas immer kleiner vor, je länger er nach vorn, nach rechts und nach links blickte. Die Arme ließen sich weder zu den Seiten noch nach vorne ganz ausstrecken. Immerhin konnte man aufrecht stehen, ohne mit dem Kopf an die Decke zu stoßen. Zumindest stieß Pinkas mit seinen einsfünfundachtzig nicht oben an. Ein Basketballprofi hätte sich schon ein paar Beulen geholt.

Warm war es, das fiel Pinkas jetzt auf, das fühlte er nun deutlich, warm und schwül.

›Vielleicht schwitzt du deshalb‹, durchbrach der eine Pinkas die Stille. ›Die Tropfen sind keine Angsttropfen. Es ist einfach warm, ja geradezu heiß hier drin. Ist ja auch kein Wunder, alles so eng und kein Fenster…‹

›Kein Fenster‹, dachte der andere still für sich. Er verspürte keine Lust, mit dem einen ein längeres Gespräch zu führen. ›Kein Fenster. Ich atme aber. Woher kommt die Luft?‹

Pinkas schaute sich um. Die Wände, es waren ja jetzt vier, wiesen keinerlei Löcher auf, durch die Luft hätte einströmen können.

›… und die auch wieder abgeführt werden müsste‹, ging Pinkas durch den Kopf. Das war ebenso wichtig, gerade zu lebenswichtig. *Be- und Entlüftung* hieß die Zauberformel. Pinkas senkte den Kopf und ließ seine Augen wie einige Zeit vorher beim Zeitunglesen an Angelschnüren herunterbaumeln. Sie kreisten suchend über den Boden. Nein, da war nur die Notbeleuchtung und sonst gar nichts, keine Gitter, keine Schlitze, nichts. Pinkas spulte die Angelschnüre wieder auf.

›Nun ja, irgendwo muss ja Luft reinkommen und rausgehen!‹, beruhigte er sich.

Nun wiederholte sich leider, was ihm widerfahren war, als seine nostalgischen Gedanken an eine kühle Limonade brutal mit den Worten *Kein Trinkwasser* zusammengestoßen waren. Und jetzt: *Luft. Be- und Entlüftung*. Auch hier half kein Radiergummi. Wie lange mochte der Sauerstoff noch reichen? Halluzinierte er schon … *Tür wird Wand*? Sollte er nicht doch besser an die Tür klopfen, rufen, schreien, um Hilfe bitten, betteln, pochen?

›Das verbraucht erst recht viel Sauerstoff‹, gab einer der beiden Pinkas zu Bedenken. ›Und außerdem, wir sprachen schon darüber, das wäre erst recht unser Ende.‹

Pinkas lehnte sich auf seinem Sitz zurück. Das ging längst nicht so weit nach hinten wie auf einem Zahnarztbehandlungsstuhl. Schon nach wenigen Zentimetern stieß seine Wirbelsäule auf harten Widerstand.

Ruhe.

Enge.

Angst. Nackte Angst.

›Angst‹ und ›Enge‹ waren wortgeschichtlich verwandt, das hatte Pinkas einmal in einem populären Beitrag zu Angststörungen in einer Fernsehzeitschrift gelesen. Anlass war die Ausstrahlung eines umstrittenen, düsteren Horrorfilms noch vor 22 Uhr gewesen. Überschrift damals: *Mit abgehackten Köpfen ins Kinderbett – Was muten uns die Fernsehsender noch alles zu?*

›Es ist verdammt eng hier‹, ging Pinkas durch den Kopf und er erinnerte sich an diesen Zeitschriftenartikel. Von ›Engegefühlen‹ in der Brust war da die Rede gewesen, von Zentnerlasten, die das Atmen unmöglich machten, vom Zusammenkrampfen des Magens, von der Vorstellung des Eingeschnürtseins durch das, was man ›Angst‹ nannte. Nackte Angst.

›Warum eigentlich *nackt*, Pinkas?‹

›Lenk nicht ab. Konzentrier dich, Pinkas!‹

Wie sollte es weitergehen? Pinkas saß da, auf dem harten Klodeckel, helle Schweißtropfen rutschten an seinen Wangen herunter, fielen auf den Boden, platzten dort auf und das Notlicht färbte die winzigen Tröpfchenfragmente gelb-grün ein wie eine Discokugel. Aber eine Disco war das hier wahrlich nicht.

Es war ein immer enger werdendes, stickiges, stinkendes und schummriges Scheißhaus in einem Zug.

Der fuhr plötzlich an.

8

Und in Pinkas' Magen fuhr erneut die Angst, wahrscheinlich nackt, sie schnürte ein und ab, drückte, zwängte, krampfte, machte alles eng und enger und enger und enger. Ein paar Bilder schossen ihm durch den Kopf. Die hatten sich da oben verewigt, nachdem er einmal eine Doku über Hinrichtungen per Giftspritze – im amerikanischen Juristenenglisch klang das vornehmer: *lethal injection* – gesehen hatte.

Der Delinquent wird auf eine Pritsche geschnallt. Lederriemen hängen links und rechts von der Pritsche herunter. Jetzt liegt der arme Kerl da und ganz viele Menschen stehen rechts und links neben ihm und greifen nach den Lederriemen und dann geht es blitzschnell: Riemen um die Knöchel herum – fest-fest-festgezurrt, Riemen um die Waden herum – fest-fest-festgezurrt, Riemen um das Becken herum – fest-fest-festgezurrt, Riemen um den Bauch herum – fest-fest-festgezurrt, Riemen um die Brust herum – fest-fest-festgezurrt, Riemen um die Handwurzeln herum – fest-fest-festgezurrt.

›So fühlt sich das also an‹, dachte Pinkas in sich hinein, ›wenn man da auf der Pritsche liegt. Jetzt weiß ich es also.‹ Dann aber brach laut aus ihm heraus: »Der Zug fährt los!« Sein bester Freund, also sein wirklich bester Freund, reagierte sofort und zischelte leise zurück: »Bis du wahnsinnig, halt die Klappe! Wir verstehen uns auch lautlos, oder?« Und dann: ›Ja, der Zug fährt los. Freu dich doch! Darauf haben wir gewartet, ziemlich lange sogar.‹

›Aber wo-wo-wo-wohin?‹ stotterte Giftspritzen-Pinkas.

›Erstmal weg, irgendwohin, weg von diesem Bahnhof, weg aus dieser Stadt, das ist schon mal nicht schlecht. Nun beruhige dich doch!‹

Und tatsächlich: Selbst in diesem stickigen, stinkenden und schummrigen Scheißhaus machte sich die erlösende Atmosphäre bemerkbar, die ein sich in Bewegung setzender Zug durch dieses leichte Zittern und Vibrieren, dieses Piepsen und Krächzen, dieses zögerliche Anruckeln und nervige Quietschen auslöste.

Der Zug fuhr, da gab es nicht den Hauch eines Zweifels.

Und irgendjemand musste ihn fahren. Zwar gab es schon Versuche mit selbstfahrenden Schienenfahrzeugen, aber nur auf besonderen Teststrecken. Nein, hier saß jemand im vordersten Wagen, im Triebwagen, hatte Knöpfe gedrückt, Hebel betätigt und diesen riesigen, tonnenschweren Koloss in Bewegung gesetzt.

Sie waren also auf jeden Fall zu zweit. Oder besser gesagt zu dritt. Mindestens.

Allmählich verlor sich das Zittern, Ruckeln und Quietschen. Abgelöst wurde es von einem gleichmäßigen, ruhigen Rollen der Räder. Da Pinkas nicht aus einem Fenster schauen konnte, weil *Behandlungsraum 1* ja fensterlos und womöglich auch türlos – *geworden* – war, vermochte er nicht abzuschätzen, wie schnell der Zug fuhr. Besonders schnell war er sicher nicht, so eine Minute nach dem Anfahren. Von Null auf Hundert in ein paar Sekunden, das gab es noch nicht bei der Bahn.

›Der Zug fährt, Pinkas, warum bleibt es so düster hier drin?‹, fragte Pinkas.

Das war eine gute und berechtigte Frage. Zu erwarten wäre gewesen, dass das Hochfahren des Triebwagens für mehr Lebensfreude in den Waggons, den Behandlungsräumen und Kino-Logen gesorgt hätte: Mehr Licht. Mehr Luft. Mehr Gemütlichkeit.

Aber zumindest hier, in diesem Scheißhaus, blieb alles wie zuvor: schummrig und stickig.

Plötzlich durchfuhr Pinkas ein rettender Gedanke. Wenn das Hochfahren des Zuges auch nicht für mehr Licht und Luft sorgte, so könnte es aber doch einen Türentriegelungsmechanismus ausgelöst haben.

›Hast du je von so etwas gehört?‹, fragte Pinkas.

Das war Pinkas gleichgültig. Beherzt sprang er auf, ergriff Klinke und Drehknopf, drückte, ruckelte, drehte, zog.

›Hab ich doch gesagt!‹, seufzte Pinkas im Tonfall eines etwas genervten Vaters, der seiner Tochter immer und immer wieder versichert hatte, dass sie niemals – *niemals* – das niedliche Feldkaninchen mit ihren bloßen Patschehändchen werde einfangen können. Aber versuchen musste sie es natürlich trotzdem – immer und immer wieder.

Es gab keinen Türentriegelungsmechanismus. Sehr wahrscheinlich gab es ja auch keine Tür. Mehr.

Pinkas ließ sich wieder auf den Klodeckel fallen. Der Zug rollte. Die Fahrgeräusche hatten sich in den letzten paar Minuten nicht verändert. Das sprach nicht dafür, dass der Zug schneller wurde.

Schneller wurde er in der Tat nicht. Er behielt noch einige Minuten die erreichte Geschwindigkeit bei. Dann bahnten sich andere Töne einen Weg zu Pinkas. Es quietschte. Es brummte. Es ächzte. Dann ruckelte es.

Dann stand der Zug.

9

Endstation!

›Nein, das dröhnte nicht aus irgendwelchen Lautsprechern im Zug oder draußen.

Alles aussteigen!

›Ja, das wäre schön, nicht wahr?‹, sinnierte Pinkas.

›Nun, ich weiß nicht, Pinkas. Weißt du, was uns da draußen erwartet?‹

Das wusste Pinkas nicht. Möglich wäre dies, möglich wäre das. Es war wichtig, jetzt einen kühlen Kopf zu bewahren. Das war nicht einfach, schon allein wegen der immer stickiger und schwüler werdenden Luft…

›… in meiner Zelle.‹

›Habe ich gerade *Zelle* gedacht?‹, fragte sich Pinkas. *Behandlungsraum 1, Kino-Loge, Scheißhaus, Zelle.*

Pinkas waren all solche Räumlichkeiten aus eigener Anschauung bekannt – und zwar jenseits dieses erst nicht fahrenden, dann doch fahrenden, dann wieder haltenden Zuges. Jeder musste irgendwann einmal zum Zahnarzt, das war bei Pinkas nicht anders. Filme guckte er schon immer gern, also ab ins Kino. Scheißhäuser waren sowieso tägliches Pflichtprogramm.

Aber die *Zelle*? Was ist mit der *Zelle*?

›Ach, *Zelle*‹, beschwichtigte Pinkas, ›offiziell heißen diese Wohnstätten nicht *Zellen*, sondern *Hafträume.*‹

›Naja, dann ist aber auch ziemlich unmissverständlich klar, wofür sie da sind‹, gab der andere Pinkas zu bedenken. ›*Zelle* ist offener. *Zelle* könnte auch eine Schlafkammer in einem Kloster bezeichnen. Oder auch eine winzige lebende biologische Einheit.‹

›Gut aufgepasst‹, lobte Pinkas. ›Weißt du noch, als wir uns in der Schule tagelang mit den *Einzellern* abgequält haben?‹

›Wie nah doch alles beieinander liegt: Einzeller, Einzelzelle, Einzelzeller. Ich war immer ein *Einzelzeller*. Zum Glück. Hat man seine Ruhe. Wie hier.‹

Da sausten sie wieder heran … diese dicken Lederriemen. Blitzesschnell schnürten und zurrten sie Pinkas mit ungeheuerer Kraft ein. Es wurde eng und enger und enger.

Angst.

›Aber das hier ist doch keine Zelle, beruhige dich. Schau dich um: Das ist fast ein Quadrat, etwa ein Meter fünfzig mal zwei Meter, vielleicht ein bisschen weniger, also rund drei Quadratmeter. Das verstößt gegen die Menschenwürde. Neun Quadratmeter müssen es schon sein für eine Einzelzelle, für einen Einzelhaftraum. Du erinnerst dich, wie uns dein Anwalt das damals erklärt hat? Hier würde doch gar kein Bett reinpassen. Also beruhige dich.‹

Ein Lederriemen wurde gelockert, aber nur um ein Loch.

Der Zug stand. Es war still. Kein Laut drang von draußen in seine … *Kammer*. War *Kammer* eine neue, gute, passende Bezeichnung?

›Nein, überhaupt nicht!‹ Pinkas sprang auf. ›Das erinnert an *Gaskammer*. Schlimmer als *Zelle*, *Einzelzelle*, *Haftraum*.‹

›Ja, was soll ich denn dann sagen?‹

›Nun, bleiben wir einmal ganz sachlich und amtlich. Du befindest dich in einem Standard-WC-Raum eines Fernzuges. Standard-WC-Räume sind kleiner als Universal-WC-Räume. Letztere sind barrierefrei und behindertengerecht ausgestattet, daher auch größer, aber noch nicht ganz so groß wie ein menschenwürdiger Haftraum. Hättest du das Pochen etwas länger ausgehalten, dann hättest du dich auf die Suche nach einem Universal-WC-Raum machen können. Dort hätte es mehr Luft gegeben, mehr freien Raum, wahrscheinlich auch mehr Licht durch mehr Notleuchten, vielleicht zwei im Boden oder eine im Boden und eine an der Decke nach DIN 2-5-6-0-3-7, wer weiß.‹

Der kleine Vortrag war hilfreich. Der Lederriemen um die Brust wurde um ein weiteres Loch gelockert. Hin und wieder konnte man sich aus Umklammerungen befreien, indem man eine besondere Sprache sprach, eine Amts-sprache. Die klang nicht schön, war aber emotionslos. Nicht gefühllos. Emotionslos. Sie bildete die Welt mit sperrigen Worten ab und schaffte dadurch Orientierung, Klarheit und Ordnung. Eine Kino-Loge war eben ein kleiner, separierter, meist recht bequemer Ort, von dem aus Dinge oder Ereignisse unterschiedlicher Art betrachtet oder angehört werden konnten.

Das war etwas ganz anderes als ein Standard-WC-Raum.

Ein Behandlungszimmer einer zahnärztlichen Praxis war ein mittelgroßer Raum, in dem ein elektrisch in viele Richtungen dreh-, senk- und wendbarer Liegesessel stand. Mit ihm verbunden war ein turmartiges Gestell mit Ablageflächen, verschiedenen integrierten Gerätschaften, einer hellen Leuchte und einem kleinen Wasserbecken, wohinein man mit dem Um- und Ausspülen Bohrkrümel und Blutspeichel loswerden konnte.

Auch das war etwas ganz anderes als ein Standard-WC-Raum.

Pinkas saß also in einem Standard-WC-Raum auf einem Standard-WC-Toilettensitz. Er holte tief Luft – oder was immer sich da noch um ihn herum in diesem genormten Raum befand. Er schaute langsam nach links, nach rechts, nach oben, nach unten, als ob es jetzt Neues zu entdecken gäbe, jetzt, da entschieden war, dass er nicht beim Zahnarzt saß oder im Kino – und auch nicht in einem menschenunwürdigen Haftraum.

Pinkas der Entdecker. Pinkas der Abenteurer. Pinkas der Aussteiger.

›Aussteigen‹, lächelte er, ›ja, aussteigen wäre nicht schlecht.‹

›Dazu habe ich eben schon etwas gesagt. Also bitte!‹

Neues entdeckte Pinkas nicht. ›Nun‹, gab er – oder der andere – zu bedenken, ›viele Entdecker haben nicht von jetzt auf gleich Neues entdeckt. Das ist oft schwere Arbeit. Das Neue liegt ja nicht offen einfach da. Dann wäre ein Entdecker kein Entdecker. Denn ein Entdecker muss ja etwas *Zu-Gedecktes auf-decken*. Er muss Decken als Decken erkennen und sie entfernen. Was sie *ver-decken* muss er *ent-decken*.‹

›Wie gut, dass ich dich habe‹, lobte Pinkas Pinkas. ›Wollen wir also mal versuchen, hier oben hinter die Decke zu schauen? Hinter dieses Dach hier über dir und über mir? Wollen wir einmal Dachdecker, nein *Dach-Ent-Decker*, spielen?‹

Allen Ernstes sprang Pinkas auf und rammte beide zu Fäusten geballte Hände mit Wut und Wucht gegen die Decke des Standard-WC-Raums. Einmal, zweimal, dreimal. Und auch noch ein viertes und fünftes Mal. Mit voller Wucht. Mit voller Wut. Das knallte, das hallte. Pinkas traute sich nicht, Leisigkeit anzumahnen. Womöglich schlug ihm Pinkas noch die Zähne ein. Wäre jedenfalls leichter gewesen, als diese Decke zu durchboxen. Denn da tat sich gar nichts. Und also gab es auch nichts zu *entdecken*, *auf-zu-decken*, nichts, gar nichts.

Im Standard-WC-Raum: *Nichts Neues.*

Pinkas setzte sich wieder. Die Finger schmerzten. Aber sie bluteten nicht.

Das nahm Pinkas dankbar zur Kenntnis, gleichzeitig aber erinnerte er sich an das Papierhandtuch mit den roten Flecken. Das hatte er zwar tief in das Abfallloch gestopft, aber aus der Welt war es natürlich nicht.

›Erinnere dich: Auch die Buchstaben haben sich aus der Zeitung weder wegstreichen noch weglesen lassen. Erinnere dich: Radiergummis überschätzen sich maßlos.‹

›Danke für den Hinweis.‹

Pinkas entdeckte nun doch etwas. Nicht unbedingt etwas Neues, aber etwas, das in Vergessenheit geraten war: die Zeitung. Die hatte er ja geistesgegenwärtig in seinen Standard-WC-Raum mitgenommen und auf dem Papierhandtuchspender abgelegt.

›*Mein* Standard-WC-Raum‹, dachte Pinkas stolz.

Er nahm die Zeitung vom Handtuchspender und schaute unschlüssig auf fette und magere Buchstaben auf Seite 1. Er blätterte um. Seite 2: Kommentare.

Und: K-a-t-h-i-s K-o-l-u-m-n-e.

›Katharina Gertrude Koller erklärt die Welt‹, lachte Pinkas. Diese Koller hatte er schon einmal im Fernsehen gesehen und gehört. In seinem Haftraum. ›Ekelhafte Besserwisserin!‹

›Da geb ich dir Recht!‹

Nächste Seite: *T-O-T-E I-N K-I-O-S-K G-E-F-U-N-D-E-N – F-a-h-n-d-u-n-g n-a-c-h u-n-b-e-k-a-n-n-t-e-n T-ä-t-e-r-n a-u-f H-o-c-h-t-o-u-r-e-n!*

›Das kenne ich schon.‹

›Wirklich?‹

›Ja.‹

›Glaub ich nicht.‹

›Von wann ist die Zeitung?‹

›Moment, ich schau nach … von heute, Donnerstag.‹

›Dann sind Ereignisse von Mittwoch drin, von gestern.‹

›So wird es sein. Manchmal stehen aber auch Ereignisse drin, die schon länger zurückliegen.‹

›Also hat Juliane – Jülchen – Chiuph am Mittwoch wieder den Schulrekord gebrochen? Oder auch schon am Dienstag? Oder am Wochenende?‹

Keine Antwort.

›Wurde Konditor S. L. inzwischen gefunden? Seine Leiche vielleicht – in dem leerstehenden Uhrenladen?‹

Keine Antwort.

Pinkas drehte ganz langsam an der Angelrolle. Eigentlich an der Stationärrolle, das wäre korrekter. Ordnung und Genauigkeit müssen sein. Nicht Kino-Loge, sondern Standard-WC-Raum. Nicht Angelrolle, sondern Stationärrolle, mit allem, was dazu gehört: Rollenfuß, Rücklaufsperre, Kurbel, Knauf, Schnurfangbügel, Bremse und, und, und. Die Bremse war jetzt wichtig. Lösen! Jetzt konnte Schnur freigegeben werden, mit den beiden Augäpfeln als Köder. Während des Abseilaktes ruckelten sie etwas auf und ab – gut sehen konnten sie bei so einer Unruhe natürlich nicht. Da baumelten sie herum, Ausschlag nach links, Ausschlag nach rechts.

›Wie sollen wir da was lesen können!‹, empörten sie sich.

Dann griff aber die Bremse. Noch ein Sprüngchen nach oben, noch ein Stürzchen nach unten. Ein zartes Zitterchen hier, ein seufzendes Schüttelchen da.

Nun gab es keine Ausreden mehr.

T-O-T-E I-N K-I-O-S-K G-E-F-U-N-D-E-N
TO-TE IN KI-O-SK GE-FU-ND-EN
TOTE IN KIOSK GEFUNDEN
Tote in Kiosk gefunden

11

Der Zug stand. Es war ruhig. Sehr ruhig. Die Augen hingen bewegungslos über der Zeitung.

Pinkas hörte sein Blut in den Ohren rauschen.

›Jetzt rauscht das Blut schon wieder‹, dachte er. Seit er durch einen lauten Knall an Tinnitus litt, rauschte es immer wieder einmal. Er hatte einen Arzt gefragt, ob das ein Blutrauschen sei, ob sein Blut innen an den Ohren hochgeschossen werde und dann herabstürze wie ein Wasserfall. »Nein«, hatte der nur lachend gesagt, aber nicht näher erläutert, was da wirklich rauschte.

Für Pinkas blieb es Blutrauschen.

Tote in Kiosk gefunden.

Pinkas löste die Bremse noch einmal, gab etwas Schnur nach. Die Augen glitten ein Stückchen weiter zum unteren Teil des Zeitungsblattes.

Zwanzig Buchstaben schnappten nach den lockenden Ködern.

T-ä-t-e-r w-i-e i-m B-l-u-t-r-a-u-s-c-h

Das war eine Zwischenüberschrift. Fett oder halbfett. Mit seinem Ohrensausen hatte dieser Blutrausch allerdings nichts zu tun.

»Was nun?«, flüsterte Pinkas sich zu.

›Lies am besten erst einmal den ganzen Artikel. Überschriften sind oft bloß reißerisch, man darf ihnen nicht trauen.‹

Tote in Kiosk gefunden. Fahndung nach Tätern auf Hochtouren. *Am frühen Mittwochmorgen sind in einer Trinkhalle in der Nähe des Landgerichts drei Leichen gefunden worden. Es handelt sich um den Betreiber des Kiosks, Rupert S., seine Lebensgefährtin Jolante Z. sowie einen weiteren Mann, dessen Identität die Polizei zwar kennt, aber aus ermittlungstaktischen Gründen noch geheim hält. Ein Mädchen, das gegen 6 Uhr 15 auf dem Weg zur Schule war und sich ein Brötchen am Kiosk kaufen wollte, entdeckte die Tat und stand für einen Moment sogar einem der Täter gegenüber. Der soll sie lächelnd angesehen haben und sei dann relativ ruhig (»irgendwie schlurfend«, hatte das Mädchen ausgesagt) weggegangen. Die Schülerin rief die Polizei, die rasch eintraf und den Tatort weiträumig absperrte. Das Mädchen steht unter Schock und befindet sich in stationärer Behandlung. Sie soll sobald wie möglich näher vernommen werden. Den Polizeibeamten bot sich ein Bild des Schreckens.* **Täter wie im Blutrausch.** *In dem recht beengten Kiosk lagen die drei Toten regelrecht übereinander. Alle hatten Hieb- und Stichverletzungen davongetragen. Der gesamte Innenraum des Kiosks war mit Blutspritzern übersät, auf dem Boden befanden sich große Lachen inzwischen getrockneten Blutes. Angesichts der Tatsache, dass drei erwachsene und körperlich rüstige Personen augenscheinlich ohne Gegenwehr getötet worden sind, geht die Polizei von mehreren Tätern aus. Nach ersten Erkenntnissen wurde nichts aus dem Kiosk gestohlen. Die Kasse mit rund 100 Euro Wechselgeld lag offen auf dem Verkaufstresen. Aus den Regalen scheint nichts entwendet worden zu sein. »Besonders hochprozentige Alkoholika sind in noch großer Anzahl vorhanden, auch Zigaretten,*

da scheint nichts zu fehlen«, sagte unserer Zeitung ein Er-
mittler. Eine Mordkommission wurde eingerichtet, eine Art
Ringfahndung ausgerufen. Bis Redaktionsschluss gab es noch
keine Spur von den Tätern.

›Mein Lieber, was hältst du davon?‹

Pinkas schwieg. Das Blut rauschte. Unter dem Artikel waren noch drei Fotos abgedruckt. Zu sehen waren der Kiosk, Polizeifahrzeuge, eine Sichtschutzwand, neugierige Passanten. Pinkas holte die Angel ein, ließ die Zeitung auf den Boden fallen, lehnte sich zurück.

›Na, was sagst du dazu?‹

Pinkas sagte nichts dazu. Er dachte aber angestrengt nach. Er dachte über das Papierhandtuch mit den roten Flecken nach, das er in das Abfallloch gestopft hatte. Er hatte sich damit das Gesicht und seine Hände abgewischt, danach waren die Flecken darauf gewesen. Aber er selbst hatte keine Verletzungen im Gesicht, auch kein Nasenbluten. Das hatte er überprüft. Und Blut rauschte zwar *in* seinen Ohren, floss aber nicht *aus* den Ohren heraus.

›Wenn es nicht dein Blut war, dann muss es das Blut von jemand anderem sein. Das ist eine einfache Schlussfolgerung.‹

Wie schön es doch war, immer einen klaren Kopf neben sich zu haben.

›Ich kann damit nichts zu tun haben. Von *mehreren* Tätern ist in der Zeitung die Rede.‹

›Nun ja, wir sind immerhin zwei, mindestens!‹

Das stimmte auch wieder.

Was war geschehen? Wie waren Blutflecken, oder sagen wir genauer: dunkle, rote Flecken, auf Pinkas' Gesicht gekommen? Warum war er in diesen Zug gestiegen? Wohin wollte er mit dem Zug fahren? Warum fuhr der Zug nicht? Oder besser gesagt: Warum war er nur ein kurzes Stückchen gefahren? Warum gab es ein so geringes Fahrgastaufkommen? Warum kam er aus diesem Standard-WC-Raum nicht mehr heraus?

›Du kluges Kerlchen, du könntest doch einmal mit ein paar Antworten aushelfen. Du weißt doch sonst immer alles.‹

›Du liest die Zeitung nicht richtig. Du liest, wie man es wissenschaftlich nennen könnte: selektiv.‹

›Selektiv? Aha.‹

›Anfangs hast du der Seite 3 zwar einen Blick mit deinen Augen gegönnt, aber mehr auch nicht. Erst bei Seite 5 und 6 hast du deine Äpfelchen ausgefahren, zu Ehren von Juliane – Jülchen – Chiuph und so weiter. Jetzt, auf Nachfrage, hast du Seite 3 näher *in Augenschein* genommen. Ein schöner, treffender Ausdruck ist das: *in Augenschein nehmen.* Aber die Zeitung hast du längst noch nicht wirklich durchgelesen … *ausgelesen.* Tipp unter Freunden: *Seite 4* heißt das Zauberwort!‹

Pinkas schaute auf den Boden, wo die Zeitung lag, zerknittert und verfaltet.

Aber mit allen Buchstaben noch drin. Hartnäckig, sehr hartnäckig hielten sie sich aneinander fest. Pinkas beugte seinen Oberkörper vor, fischte mit der rechten Hand nach der Zeitung, erfasste eine Ecke und zog diesen ausbruchsicheren Buchstabentresor zu sich auf seinen Schoß hoch. Eine Zeitlang starrte er unschlüssig auf Seite 1. Dann stupste ihn Pinkas freundlich an und sagte: ›Nun mach schon! Sonst kommen wir nicht weiter!‹ Er rückte sich auf dem Standard-WC-Sitz etwas zurecht, nahm sozusagen Haltung an, ergriff mit der linken Hand das untere Ende von Seite 1 und blätterte sie ausladend nach links oben auf und um. Dem ausladenden Blättern wurde allerdings von den einengenden Seitenwänden des Raumes rasch Einhalt geboten. Pinkas beugte die Ellbogen und blätterte in bescheidenerer Geste weiter. Seite 2, Seite 3 … *Seite 4*.

Z-u   L-e-b-e-n-s-l-ä-n-g-l-i-c-h   v-e-r-u-r-t-e-i-l-t-e-r M-ö-r-d-e-r   a-u-f   d-e-r   F-l-u-c-h-t.

12

›Jetzt kommen wir der Sache näher, oder?‹
›Mal sehen. Ich muss erst einmal lesen. Sagst du doch auch immer: Nichts übereilen!‹

›Na, dann los!‹

Gedacht, getan, gelesen.

Zu Lebenslänglich verurteilter Mörder auf der Flucht. *Einem vor fünf Jahren zu lebenslanger Haft verurteilten Mann ist die Flucht aus der JVA gelungen. Noch ist unbekannt, wie er die Haftanstalt verlassen konnte. Womöglich spielte ein Kran auf einer nahegelegenen Baustelle eine Rolle. Die Flucht wurde bereits am Dienstagnachmittag bemerkt, die Öffentlichkeit aber erst am Mittwoch informiert. Der Haftanstalt wurden schon in der Vergangenheit »unglaubliche Schlampereien« vorgeworfen. Ermittlungen gegen die Leitung und einzelne Bedienstete sollen bereits eingeleitet worden sein.* ***Hochintelligent und verhaltensauffällig.*** *Der verurteilte und nun flüchtige Mörder gilt als hochintelligent, ist aber psychisch auffällig, wenn auch nicht psychiatrisch krank. Er wurde vor fünf Jahren wegen Mordes an seiner Frau verurteilt. Diese hatte man mit einer tödlichen Stichverletzung im Schlafzimmer aufgefunden. Der Ehemann wurde einen Tag später in einem Hotel verhaftet. Bis zuletzt hatte er die Tat vehement bestritten. Unmittelbare Tatzeugen gab es nicht. Die Verurteilung grün-*

dete auf letztlich erdrückenden Indizien. *Der Flüchtige ist einsfünfundachtzig groß, Bauchansatz, halblange braune Haare, seit seiner Jugend trägt er einen Oberlippenbart. Die Häftlingskleidung dürfte er inzwischen gewechselt haben. Der Mann gilt als gewaltbereit, empathielos und gefährlich. Man sollte ihn nicht ansprechen, sondern sofort die Polizei verständigen, wenn man glaubt, diese Person gesichtet zu haben.*

Wie vom Blitz getroffen sprang Pinkas auf. Der Schwung drückte seinen Bauch und seine Brust nach vorn gegen die Tür – die vierte Wand. Von dort federte seine obere Körperhälfte wie ein Gummiball, nun ja, wie eine Gummi*puppe* zurück, während die untere Körperhälfte, nun ja, das untere Körper*drittel* von der Standard-WC-Toilettenschüssel blockiert wurde, sodass die Knie leicht einknickten, was dazu führte, dass der Oberkörper wieder nach vorn geschleudert wurde und Pinkas für einen Augenblick die Haltung eines Skispringers einnahm, der die Sprungschanze hinabsauste und dem Absprungmoment entgegenfieberte. Allein – hier war kein Sprungweitenrekord zu holen. Nicht auf einer Standard-WC-Schanze.

Pinkas' Körperteile kamen allmählich zur Ruhe. Er drückte die Knie durch, entfaltete seine einsfünfundachtzig und blickte in den Spiegel. Es war zwar immer noch sehr dunkel, das Notlicht war keineswegs heller geworden, aber Pinkas' Augen hatten sich an die Lichtverhältnisse gewöhnt und angepasst. Und so konnte er sich, sein Gesicht, recht gut im Spiegel sehen.

Halblange braune Haare, Oberlippenbart seit seiner Jugend.

›Was ist halblang?‹, fragte Pinkas seinen allwissenden Privatsekretär. ›Wie kann man eine Person, die augenscheinlich sehr gefährlich ist, so ungenau, ja eigentlich nichtssagend beschreiben?‹

›Halblang ist nicht lang und nicht kurz‹, antwortete der Sekretär, ohne viel Bedenkzeit zu benötigen. ›Man müsste jetzt eine Definition für *lang* finden und eine für *kurz*, dann wüsste man sofort, was *halblang* ist.‹

›Dann definier mal!‹, befahl Pinkas.

›Es gibt keine allgemein anerkannten, auch keine amtlich festgeschriebenen Definitionen für *lang* und *kurz*. Ich kann es willkürlich festlegen, du übrigens auch. Ich kann *lang* jetzt als 20 Zentimeter definieren, in einer Stunde aber ist es denkbar, dass ich meine Ansicht zu *lang* ändere und behaupte, dass 20 Zentimeter *kurz* sind.‹

Pinkas prustete in den Spiegel. Die *halblangen* Haare führten zu nichts. Und auch die *braunen* Haare nicht, denn feine Farbnuancen zwischen dunkelblond, braun, hellbraun oder schwarz unterscheiden zu können, dafür war es doch allzu funzelig in diesem Friseursalon.

›Und was ist mit dem Oberlippenbart?‹

Pinkas fuhr mit der Zungenspitze über seine Oberlippe. Ja, da ging es rau zu, es fühlte sich an, als leckte Pinkas eine Zahnbürste ab. Das Spiegelbild bestätigte diesen Eindruck.

›Nun gut, aber wie viele Männer tragen einen Oberlippenbart?‹

Wenn nicht immer auf den einen, so war doch meist auf den anderen Pinkas Verlass.

›Millionen, ach wahrscheinlich sogar eine ganze Milliarde Männer tragen einen Oberlippenbart.‹

›Hohes Gericht!‹, hub der clevere Anwalt an, ›mein Mandant soll hier verurteilt werden, weil er einen Oberlippenbart trägt? Habe ich da die Staatsanwaltschaft richtig verstanden? Wissen Sie, verehrtes Gericht und auch verehrte Vertreterinnen der Staatsanwaltschaft, dass allein hier und heute in diesem Gerichtssaal 28 Männer mit Oberlippenbart sitzen? Ich habe mir die Mühe gemacht und vor einer Minute nachgezählt. Und nun rechnen Sie das einmal hoch. In diesem Gerichtsgebäude finden gerade 11 Sitzungen statt. Nicht überall gibt es so viel Publikum, das habe ich bedacht. Deshalb setze ich nicht 308 Oberlippenbärte an, sondern nur 250. Und nun überlegen Sie, wie viele Gerichte es in unserem schönen Land gibt, wo ebenfalls gerade jetzt verhandelt wird vor Publikum. Und – Fairplay ist mir das Wichtigste: Wir konzentrieren uns nur auf Landgerichte. Da kommen 116 zusammen. Und ich bleibe beim Fairplay: Ich setze nur jeweils 8 Sitzungen pro Landgericht für den heutigen Tag an, obwohl es hier und da sicher mehr sein werden. 928 Sitzungen sind das. Mit 28 Männern mit Oberlippenbart im Publikum – zunächst einmal gerechnet. Das wären 25.984 Oberlippenbärte, aber ich bleibe fair und rasiere ganze 5.984 ab. Da bleiben wunderschön gebürstete 20.000 übrig. Ah, ich sehe die Staatsanwaltschaft mit einem Taschenrechner hantieren. Es stimmt, meine Damen, da können Sie sicher sein. Und nun also soll mein Mandant, des Mordes an seiner geliebten Frau beschuldigt, wegen eines länglichen Haarbüschels – oder eines edlen *Moustaches* wegen … wie Sie wollen – verurteilt werden? Haben Sie die anderen 20.000 Bärte überprüft? Haben Sie? Rechnen Sie weiter hoch! Verlassen Sie die Gerichtssäle, gehen Sie hinaus in die Städte, aufs Land, überschreiten Sie Grenzen, Ozeane und Gebirge. Einer jüngeren Erhebung zufolge tragen weltweit etwa 30 Prozent aller Männer einen Bart. Natürlich spielen hier Kultur, Religion, Mode, Zeitgeist und so weiter eine sehr wichtige Rolle und führen zu teils erheblichen Verschiebungen. Aber ganz fair durchgerechnet: Es gibt auf der Welt aktuell etwa vier Milliarden Männer. Wenn 30

Prozent einen Bart tragen, dann sind das eine Milliarde und zweihundert Millionen Männer. Nun tragen nicht alle Vollbart, nicht alle Kinnbart, nicht alle Backenbart, nicht alle Oberlippenbart. Ich mache jetzt einen Riesen-Riesen-Schritt auf Sie zu, verehrte Damen von der Staatsanwaltschaft. Sagen wir, von den eine Milliarde und zweihundert Millionen Männern tragen nur 8 Prozent ausschließlich einen Oberlippenbart. Wie komme ich auf 8 Prozent? Ich weiß es nicht. Es ist eine geringe Zahl. Ich will fair bleiben. Tippen Sie ruhig mal in Ihren Taschenrechner, dann werden Sie das Ergebnis selbst anschauen können: 96 Millionen Oberlippenbärte. Ich wiederhole: 96 Millionen Oberlippenbärte. Hohes Gericht: Sechs… und…neunzig Mill…i…o…nen Oberlippenbärte.‹

›Tolles Plädoyer‹, applaudiert Pinkas, ›aber mal ehrlich: Wegen des Oberlippenbartes wurdest du nicht verurteilt.‹

13

Pinkas konnte schon brutal sein. Das saß!

Und Pinkas saß jetzt auch wieder.

Auf dem Boden lag die einfach nicht auszulesende Zeitung mit ihren stählernen Buchstaben, den eisernen Kommas und betonharten Punkten. So federleicht das Papier sich auch gab, was dort aufgedruckt war, hatte schwere Eindrücke hinterlassen … in den Angel-Augen, die sich dem Gedruckten pendelnd, schwingend, kreisend, hüpfend und zuweilen angewidert angebiedert hatten. Und wenn sie, diese beinharten Eindrücke, an den Augenseilen weiter hochgeklettert waren, half kein Radiergummi mehr. Keine Chance. Der zerkrümelte hilflos.

Pinkas schaute zur Wand mit dem Waschbecken und dem Spiegel. Zwischen Becken und Spiegel, neben dem Schild *Kein Trinkwasser – Eau non potable – No drinking water* befand sich das Loch für die benutzten Papierhandtücher. Pinkas beugte sich vor, lugte in das Loch, aber viel sah er natürlich nicht. Irgendetwas Helles war zu vermuten, das Handtuch mit den roten Flecken eben, das er zusammengeknüllt dort hineingeworfen hatte. Was waren das für Flecken gewesen?

›Muss ich mir darüber den Kopf zerbrechen?‹, fragte er.

›Musst du nicht, es sei denn, du willst den *Großen Radierer* machen. Du weißt schon: Radieren, bis ein Loch mit ausgefransten Rändern übrigbleibt.‹

Pinkas schaute noch einmal in das Loch in der Wand. Dessen Ränder waren glatt wie ein frisch gewalztes Abflussrohr.

Wie viel Zeit mochte vergangen sein, seit Pinkas in diesen Zug gestiegen war? Das war nicht leicht zu sagen. Pinkas schaute auf seine Uhr. Leuchtziffern besaß sie nicht und es war schwer, überhaupt Zeiger und Ziffern zu erkennen. Er bückte sich nach vorn, streckte seine linke Hand nach unten Richtung Notbeleuchtung. Jetzt konnte er ein klein wenig vom Ziffernblatt erkennen. Und auch den Sekundenzeiger.

Aber der stand still.

›Wie lange wohl schon?‹, fragte Pinkas seinen Butler. ›Ich habe Ihnen doch immer wieder gesagt, dass Sie meinen Zeitmesser regelmäßig aufziehen müssen!‹

›Mit Verlaub, mein Herr, diese Uhr ist eine billige Quarzuhr aus Plastik, die mit einer Batterie betrieben wird. Etwas anderes wäre Ihnen in Ihrer Anstalt nicht genehmigt worden. Die Batterie ist augenscheinlich erschöpft. Sie kann nicht mehr. Sie sollten in Ihrer Anstalt einen Antrag stellen, eine Ersatzbatterie erwerben zu dürfen.‹

Mit den Worten ›Anstalt‹ und ›Antrag‹ schossen sie wieder heran, diese harten, knarzenden Lederriemen, die sich wie Tentakeln eines Kraken oder wie eine Würgeschlange um seinen Brustkorb wanden und zudrückten.

Zeit. Was war das?

Pinkas erinnerte sich, dass er jenseits dieser wandgewordenen Tür, sozusagen in Freiheit, in dem schönen großen menschenleeren Waggon, noch auf die Uhr geschaut hatte. Da war sie noch gelaufen. Zehn vor sechs war es gewesen und er hatte eine nette Konversation begonnen über ›17 Uhr 50 ab Paddington‹.

›*Sechzehn … This is 16:50 from Paddington. Sechzehn* Uhr fünfzig*‹, erinnerte Pinkas seinen ungelehrigen Schüler.

Zeit. Was war das? Zehn vor fünf, zehn vor sechs.

Wie spät mochte es jetzt sein? War das wichtig?

Die Uhr stand, hatte einfach aufgehört, der Zeit hinterherzuhecheln. Kann man eigentlich verstehen. So eine Uhr hat nie Ruhe, die Zeit ist ihr immer irgendwie voraus und sie hetzt sich ab mit ihren Rädchen und Zeigern … tick-tack-tick-tack-tick-tack … und holt die Zeit nie ein, nie. Wie frustrierend muss das sein! Wahrscheinlich war die Uhr nun froh, dass die Batterie ihres Herzschrittmachers am Ende war. Endlich Ruhe! Tiefe Ruhe!

Nur das Blut rauschte noch. Wie lange noch?

Zeit. Fünf Jahre hatte Pinkas in der Anstalt zugebracht. Bis vorgestern.

›Hat die Uhr fünf Jahre durchgehalten? Die Batterie? Hattest du die Uhr von Anfang an in der Anstalt?‹

›Ich glaube nicht. Am Anfang hat man nichts, gar nichts. Fast nichts. Ein Puzzle, originalverpackt, durfte ich mitnehmen. Sonst nichts. Oder?‹

›Na, ich meine, du durftest auch einen Kamm, eine Zahnbürste und sowas mitbringen.‹

›Ja, stimmt. Aber insgesamt sehr wenig. Das muss man schon sagen. Karg. *Karg* ist ein schönes Wort. Bedeutet ganz früher einmal soviel wie *betrübt, bekümmert*, aber auch *besorgt, vorsichtig*, sogar *klug, schlau*.‹

›Woher weißt du das denn?‹

›Habe in der Anstalt in der Bücherei gearbeitet.‹

›In einer Bücherei! Potztausend, die Zeitung hatte Recht: *Hochintelligent*. Hmmm, aber auch*: psychisch auffällig*.‹

›Ach, hör doch auf! Nur weil wir zwei und unser Anwalt uns unterhalten, bin ich nicht *psychisch auffällig*. Das sehe ich nicht so. Du siehst das auch nicht so. Unser Anwalt sieht das sowieso nicht so, verbietet ihm schon sein Berufsethos.‹

›Hier im Standard-WC-Raum ist es noch karger als in deiner … na, du weißt schon…‹

›Na, sag's doch: …in meinem menschenwürdigen Haftraum. Nun ja, das lässt sich nicht so ohne weiteres und so pauschal behaupten. Zugegeben, im Haftraum gab es zuletzt Dinge, die es hier nicht gibt: Trinkbares Wasser. Licht. Auf jeden Fall mehr Licht als hier. Das Puzzle. Was war das noch für ein Motiv? Ich glaube ein Schwert in einem Stein, feste reingehauen in den Stein, tief reingehauen, ganz tief… Auf Echsenburg war das…‹

›Nein, das war nicht *auf Echsenburg*. Hier ist von *Excalibur* die Rede und das war keine Burg, sondern so hieß ein Schwert, das in dem Felsen steckte. Das war das Puzzle-Motiv und daher stand auf der Schachtel mit 6.000 Teilen *Excalibur*.‹

›Wo und was wäre ich nur ohne dich!‹

›So ein Schwert steckte übrigens auch in deiner Frau, als man sie im Bett fand. Etwa 15 Zentimeter lugten aus der Brust heraus, die Klinge war insgesamt 50 Zentimeter lang, was bedeutet, dass Excalibur 35 Zentimeter tief in der Brusthöhle steckte. Das war bei der Verhandlung damals genauestens von Sachverständigen und Gutachtern vorgetragen worden. Es war auch berechnet worden, wie viel Kraft – in Newton ausgedrückt – aufgewendet worden sein musste, um Excalibur 35 Zentimeter durch Rippenknochen, Muskeln, Fettgewebe, Lunge und Herz zu stoßen. Weißt du noch, was es da für Tumulte im Sitzungssaal gab? Unsere Verteidiger haben die Gutachter echt schwitzen lassen, wollten genau wissen, ob denn so zentrale Faktoren wie Beschaffenheit der Knochen, Spannkraft der Muskeln, Dicke und Dichte des Unterhautfettgewebes von den Damen und Herren Gutachtern berücksichtigt worden seien. Ob denn die Schärfe der Klinge und die Spitzigkeit der Spitze vorab bestimmt worden seien. Ob denn der Winkel des Eindringens der Klinge sicher zu ermitteln gewesen sei. Ob man denn überhaupt auch nur näherungsweise wissen könne, ob der Täter oder die Täterin – wer will behaupten, dass nur ein Mann in Frage kommt? – dem lieben Excalibur lediglich durch das Ausholen mit dem Arm tödlichen Schwung in Richtung Brustkorb der Geschädigten verliehen habe oder ob Täter oder Täterin sich, gegebenenfalls noch zusätzlich, mit der eigenen Brust auf den Handknauf des Schwertes gestützt habe, um Excalibur das Eindringen leichter zu machen.‹

›Also, daran erinnere ich mich nicht.‹

›Woran erinnerst du dich nicht?‹

›Ja, also, ob ich mit dem Brustkorb noch nachgedrückt habe…‹

›Halt! Sie haben das Recht zu schweigen. Sie haben als Angeklagter auch das Recht zu lügen, als Einziger hier im Saal. Sie haben das Recht zu sagen: *Ich war es nicht.* Haben Sie diese Belehrung verstanden?‹

14

Wie dunkel es im Sitzungssaal war. Wie eng. Und es wurde enger und enger. Es kamen ja immer mehr Leute: Protokollführerinnen, mehrere Wachtmeister, ein Verteidiger und eine Verteidigerin, zwei Staatsanwältinnen. Auch Sachverständige, Gutachterinnen und Gutachter, Kriminalbeamte. Die wurden aber wieder rausgeschickt, weil sie Zeugen waren und erst nach Aufruf zu späterer Zeit eintreten durften. Die einen also wieder hinaus aus dem Standard-WC-Raum, dafür kamen aber andere herein. Einer trat auf die Notbeleuchtung. Jetzt war es ganz dunkel. ›Bitte zur Seite treten‹, rief jemand, ›ja, Sie da hinten, Sie stehen auf der Notleuchte, das geht nicht.‹ Erschrocken machte Derdahinten einen Schritt zur Seite. Jetzt wurde es wieder heller. Naja, das ist maßlos übertrieben. Jetzt war es nicht mehr stockdunkel, das passt besser. Die Luft wurde stickiger und stinkiger. Nun kamen noch wildfremde Menschen herein, die sich an einem Mordprozess ergötzen wollten. Aber es betraten auch Leute, die Pinkas kannte, den Saal: seine Mutter, blass, mager, hager, verheult; sein Bruder, blass, mager, hager; sein Freund, versteinert, schwitzend; der Nachbar von gegenüber, feixend, lachend. Und wieder ging die Tür auf – die Tür des Sitzungssaales, nicht die Tür des Standard-WC-Raums versteht sich, die gibt es ja gar nicht mehr. Und herein kam die Nebenklage: die Mutter der Geschädigten, also Pinkas Schwiegermutter, ein Häufchen Elend, gebeugt, zitternd, von ihrer Anwältin öffentlichkeitswirksam gestützt (»Sie ist das zweite Opfer, sie ist das zweite Opfer, sehen Sie nur!«); der Vater der Geschädigten, gramgebeugt, ein armer Parkinson-Patient, im Rollstuhl sitzend, geschoben von einem Wachtmeister; die Schwester der Geschädigten, fein herausgeputzt, nicht sehr leidend, jetzt Einzelkind, später Alleinerbin. Und dann der Höhepunkt: Die große Strafkammer des Landgerichts mit drei Berufsrichtern und zwei Schöffen (ein Männlein und ein Weiblein) zog feierlich ein. Glanz und Gloria! Pinkas wollte begeistert applaudieren, aber das fanden die Verteidiger denn doch nicht so gut und klopften etwas ungehalten auf seine Finger.

Das tat weh! Pinkas riss die Augen auf, schaute auf seine Hände. Die rechte schlug wie wild auf die linke ein.

›Ist ja gut! Bin jetzt stillstillstill und regregreglos!‹

›Gut. Aber ich verstehe durchaus: Das war *Die Große Show* für uns. Alle waren nur wegen uns da. So viele Leute! Mama, Schwiegermama, Bruderherz, Zitterzombie (das war Schwiegerpapa), Siedlungsclown (das war der Nachbar), Schweißperle (das war der dauerschwitzende Freund). Und dann die ganzen Amtspersonen, Richter, gleich mehrere, Anwälte, gleich mehrere, Justizwachtmeister, gleich mehrere. Nicht zu vergessen die unbekannten Fans in den hinteren Reihen. Stehplätze Südkurve. Gab es hier verbilligte Stehplätze? Nein, alle müssen sitzen. Müssen. Überhaupt wird das Wort *müssen* hier großgeschrieben. *MÜSSEN*. Wenn einer redet, *müssen* andere den Mund halten. Wenn einer fragt, fragt nur der, andere Frager *müssen* warten. Der Oberrichter achtet darauf.‹

Ja, der Herr Oberrichter hatte das Sagen. Mit dem war nicht gut Kirschen essen, draußen, im Vorraum zum Standard-WC-Raum. Aber nein, dort gab es keine Kirschen, vielleicht also draußen im Waggon … nein, da gab es auch keine Kirschen … also draußen im Bahnhof … neben den Gleisen … im angrenzenden Wald … im Kirschbaumwald. Oberrichter und Pinkas unter Kirschbäumen. Pinkas fing mit einer großen Schüssel die Kirschen ein, die ohne Unterlass von den Bäumen herunterregneten, und sagte zum Oberrichter: »Bitte sehr, Kirschen im Überfluss, nehmen Sie, greifen Sie zu, essen Sie und ersticken Sie an den Kernen!« Aber mit dem Oberrichter war nicht gut Kirschen essen. Er schlug Pinkas die Kirschenschüssel aus der Hand, fasste ihn hart an den Schultern und blaffte los:

»Im Namen des Volkes ergeht folgendes Urteil: Der Angeklagte hat sich des Mordes zum Nachteil der Geschädigten Franziska H. schuldig gemacht. Er wird zu einer lebenslangen Freiheitsstrafe verurteilt. Die Kammer hat darüber hinaus die besondere Schwere der Schuld festgestellt, weil das gesamte Tatbild einschließlich der Täterpersönlichkeit von den erfahrungsgemäß gewöhnlich vorkommenden Mordfällen so sehr abweicht, dass eine Strafaussetzung der lebenslangen Freiheitsstrafe nach 15 Jahren auch bei dann günstiger Täterprognose unangemessen wäre.«

Mit dem Richter war wahrlich nicht gut Kirschen essen.

›Warum hast du Franziska eigentlich so, wie soll ich sagen, einschneidend bekannt gemacht – mit *Excalibur*?‹

›Ich war mit ihr nicht auf *Echsenburg*, hab ich doch immer wieder gesagt. Aber es glaubt mir ja keiner. Damals schon, bei unserer Show, hatte das niemand geglaubt, und jetzt glaubst selbst du es nicht mehr.‹

›Du bist schon arm dran. Armer Tropf! Armer Schlucker! Armer Kerl! Karger Kerl! Das klingt toll: Karger Kerl. *Karger Kerl klettert kühn und kraftvoll an Kran-Kette über kümmerliche Knastmauer.*‹

›Was für ein Sprachakrobat du bist!‹

›Aber noch einmal: Warum hast du Franziska abgestochen? Jetzt kannst du es doch sagen, hier sind wir doch unter uns, hört doch keiner zu.‹

Stille. Nur des Blutes Rauschen in Pinkas Ohren. Im Laufe des Prozesses war ein klares Motiv für die Tat nicht ausgemacht worden. Dennoch hatte der Oberrichter in seiner Urteilsbegründung von ›niedrigen Beweggründen‹ gesprochen. Das war schon seltsam. Als ob es mal bessere und mal schlechtere Gründe geben könnte, jemanden umzubringen. Mal edlere, mal weniger edle. Mal höhere, mal niedrigere. Erstaunlich.

›Die versoffene Franzi musste weg. Ganz einfach. Nebeneffekt: Erbschaft.‹

15

Allerdings wurde das mit der Erbschaft nichts. Ein anderer Richter hatte Pinkas allen Ernstes für ›erbunwürdig‹ erklärt und auf einen entsprechenden, fein formulierten Paragraphen verwiesen und diesen auch noch laut vorgelesen: ›Erbunwürdig ist unter anderem, wer den Erblasser vorsätzlich und widerrechtlich getötet oder zu töten versucht hat.‹

›Widerrechtliche Tötung‹, das war noch seltsamer als ›niedrige Beweggründe‹.

›Und weißt du noch, guter Freund, wie unser Anwalt in der Verhandlung schelmisch aus dem Bürgerlichen Gesetzbuch zitiert hat, dass, wenn der Erblasser dem Erbnehmer dessen Verfehlungen verzeihen würde, die Erbunwürdigkeit wieder aufgehoben werden könnte. Da hatte der Richter doch kräftig auf den Tisch gehauen – regelrecht gepocht hatte er, gut Kirschen essen war auch mit dem nicht – und aber doch juristisch sauber gegengehalten: Die Einlassung des Herrn Anwalts läuft ins Leere, da die Erblasserin durch vorsätzliche gewaltsame Einwirkung auf ihr Leben durch den hier anwesenden, aus der Strafhaft vorgeführten Pinkas H. selbiges verloren hat und sie in Folge keinen Akt der Verständigung und Verzeihung mehr hat anstoßen können.‹

Nun ja, das mit dem Erbe hatte bei Pinkas letztlich nicht im Vordergrund gestanden. Obwohl … es wäre schon ein hübsches Sümmchen zusammengekommen.

Eine Zeit lang war es wieder ruhig. Pinkas blickte auf seine Hände, die mit den Handflächen nach oben auf seinen Knien ruhten. Ein wenig zitterten die Finger noch, es war ja durchaus heftig daraufgeschlagen worden.

Der Zug stand nach wie vor. Es rührte sich nichts. Keine Vibrationen, kein Anruckeln, kein Gepiepse, kein Gequietsche.

Pinkas verspürte Hunger. Und Durst. Vor allem Durst. Sollte er nicht vielleicht doch das Schild *Kein Trinkwasser – Eau non potable – No drinking water* vergessen? Ausradieren? Müsste man es dafür bis zum ausgefransten Loch kommen lassen? Naja, dann hätte sich das mit Hunger und Durst auf andere Art erledigt.

›Lieber Freund und Bruder, lieber treuer Weggefährte – wir kennen uns sehr, sehr lange, wir sind nicht immer einer Meinung gewesen und sind es auch jetzt nicht, wir haben uns aber noch nie wirklich getrennt, wir gingen und gehen zuweilen getrennte Wege, aber nach einer Rechtsbiegung und nach einer Linksbiegung kamen und kommen die Wege immer wieder zusammen, mal lief und läuft der eine etwas schneller und der andere ließ und lässt sich zurückfallen. Aus den Augen verloren haben wir uns aber nie. Wäre es nicht an der Zeit, hier und heute einmal auf Augenhöhe den berühmten *Reinen Tisch* zu machen? Und noch einmal gesagt: Wir sind unter uns! Allein. In einem Standard-WC-Raum in einem Eisenbahnwaggon zusammen mit mehreren anderen Waggons und einem Triebwagen irgendwo auf freier Strecke stehend mit einem Wäldchen links und einem Bächlein rechts. Und ein paar Kirschbäumen. Vielleicht.‹

›Jetzt machst du wieder den Prälaten, den Pfaffen, den Kuschel-Kumpel, den Wattebäuschchen-Pinkas, den Wir-sind-doch-alle-Erdenkinder-Prediger. Kenne ich, Pinkas! Mit mir doch nicht. Das müsstest du wissen!‹

Wie nach einem Ehekrach herrschte Ruhe. Gerne hätte der erzürnte Gatte die Wohnung für eine gewisse Zeit verlassen, mal raus, ein Bier trinken oder zwei oder drei, in' Puff gehen. Aber … hier gab es noch nicht mal Wasser, von netten, leicht bekleideten und nach erfolgten Verhandlungen unbekleideten Damen ganz zu schweigen. Es blieb nur, sich schmollend in eine Ecke zu verziehen. Pinkas in der rechten Ecke neben der Standard-Schüssel. Und Pinkas links neben dem Waschbecken.

Das war schon ein Bild für die Götter. Öffnen wir einmal kurz die Decke, spielen wir einmal einen dieser Götter, nun ja, das wäre überheblich, spielen wir einmal *Ent-Decker* und blicken von oben in den Standard-WC-Raum.

Fast quadratisch, einsfünfzig mal zwei – ungefähr. Drei fensterlose Wände, eine Tür, jetzt Wand geworden. An Rückwand angrenzend WC-Schüssel, Edelstahl, darauf WC-Brille, verdeckt durch WC-Deckel. Waschbecken, kleiner Wasserhahn an Seitenwand 1. Darüber Spiegel. Neben Waschbecken *Kein Trinkwasser*-Warnschild. Daneben Handtuchspender. Darunter Loch in Wand für Handtücher. Kleine Leuchte im Boden. Jetzt leicht verdeckt von zerwühlter Zeitung. Traurige Gestalt mit Oberlippenbart neben WC-Schüssel. Andere traurige Gestalt mit Oberlippenbart neben Waschbecken. Dicke Luft.

Da wir aber etwas *aufgedeckt* haben, wird die dicke Luft mit etwas frischer durchmischt. Nun allerdings müssen wir den Deckel wieder schließen.

Denn es ruckelt, quietscht, brummt.

Der Zug fuhr erneut an.

16

In Zeiten höchster Gefahren rücken befreundete Länder noch näher, finden verfeindete Parteien wieder zueinander, halten verkrachte Eheleute erneut Händchen. So auch Pinkas und Pinkas: Sie verließen ihre Schmollecken. Es kam zwar nicht zum Versöhnungsfick (wäre auch mit Blick auf die Örtlichkeit eher ein anstrengender, Muskelkrämpfe auslösender Akt gewesen), aber man schaute wieder gemeinsam in die Zukunft. Und unwillkürlich durch die linke Wand in Fahrtrichtung, in genau die Richtung, in die die Fahrt ging. Welche Richtung aber mochte das sein? Für welches Ziel hatte sich der Zugführer entschieden? Nun ja, so sehr viel entscheiden konnte er selbst nicht. Der Zug stand auf Schienen. Die führten irgendwo hin. An diesen und jenen Stellen verzweigten sich die Schienen. Weichen konnten ge- und verstellt werden, sodass der Zug nicht mehr geradeaus fuhr, zum Beispiel nach Norden, sondern abbog Richtung Westen oder Osten. Das konnte der Zugführer selbst nicht entscheiden, das wurde in einem Stellwerk erledigt. Da saßen die Fahrdienstleiter und Fahrdienstleiterinnen, richtige Machtbonzen, die über Norden oder Süden entschieden, über Grün und Rot, über Gesperrt und Frei, über Leben und Tod. Wohin schickten diese Götter nun den ›Pinkas-Train‹?

›*Pinkas' Train to Nowhere – 16:50 from Paddington.*‹

›Du bist mir ein wahrer Kreativlümmel! Das wäre in der Tat ein oscarverdächtiger Film. Und wir räumen im Rudel ab: Romanvorlage: Pinkas. Regie: Pinkas. Alle Rollen: Pinkas. Kamera: Pinkas. Beleuchtung: Pinkas – obwohl, nein, da muss man fair bleiben, das Licht hatte jemand anders gesetzt. Bauten: Pi…, nein fair bleiben, die Kulissen stammten von einem Eisenbahnbauer. Ton: Pin…, naja, es ist schon sehr wenig Ton, da verzichten wir drauf. Schnitt: ja, Schnitt, jetzt gerne wieder Pinkas, Schnitt: Pinkas.‹

Pinkas, also der eine, war nicht nur ein Kreativlümmel, sondern auch ein begnadeter Ablenker. Er hätte gut Zauberer werden können, die müssen auch viel ablenken, Ablenkung ist bei denen die halbe Miete. Allerdings lenken die Zauberer das *Publikum* ab, während Pinkas, der eine, *sich selbst* ablenkte. Aber irgendwie war er ja auch sein eigenes Publikum. Etwas kompliziert das Ganze.

Gut, dass es den anderen Pinkas gab. Der achtete immer genau darauf, dass der eine Pinkas nach Phasen der Kreativlümmelei und Selbstablenkung wieder auf den – wie man gerne sagt – ›Boden der Tatsachen‹ zurückfand. Dieser Boden war derzeit halb bedeckt mit etwas zerrupften Zeitungsseiten, die das schummrige Notlicht noch schummriger machten.

Oscar für den Schnitt. Hier konnte Pinkas ansetzen. Schnitt, Schnitter, Schneide, schneiden, Schneider (nein, passt nicht so gut), Schnitttechnik, Schneidearbeit Schneidwerkzeug … ja, *das* konnte man nutzen, um ein Stückchen weiterzuschn… weiterzukommen: Schere, Säge, Skalpell, Rasiermesser, Küchenmesser, Filetiermesser, Jagdmesser, Taschenmesser (nein, zu harmlos),

Brotmesser … ja, das war recht lang und hatte Zacken oder Wellen, also weiter: Schwerter, Kurzschwert, Langschwert, Säbel, Rapier, Beidhänder … *Echsenburg* … nein, nein, nein … *Excalibur*.

Der Richter, mit dem nicht gut Kirschen essen war, also der erste von den beiden (auch mit dem zweiten war Steinobst gemeinsam einzunehmen keine feine Sache), hatte ausgeführt:

»Der Angeklagte hatte seine Frau zu Bett gebracht und gewartet, bis sie eingeschlafen war. Da sie gut eine Flasche Wein getrunken hatte, konnte er recht sicher sein, dass eine erste Schlafphase mindestens eine Stunde währen würde. Er griff sodann nach einem Koffer, den er auf einem Schrank im Schlafzimmer aufbewahrte, und holte daraus eine schwertartige Hieb- und Stichwaffe heraus, die über eine Klinge von etwa 50 Zentimetern Länge verfügte. In der festen Absicht, damit seine arg- und wehrlose Ehefrau zu töten, schlich er wieder an das Bett, kniete sich vorsichtig darauf, holte mit seinem rechten Arm aus und stieß Franziska H. mit einem heftigen Schwung die Waffe in die linke Brust. Der gerichtsmedizinische Gutachter konnte nicht sagen, ob die Geschädigte noch einmal aufgewacht war, ob sie also hatte wahrnehmen können, was mit ihr geschah. Auch konnte nicht zweifelsfrei geklärt werden, ob der Angeklagte, nachdem er die Waffe mit einem ersten Schwung in die Brust der Geschädigten gestoßen hatte, noch vermittels Druckes seiner Brust auf den Knauf der Waffe diese tiefer in den Körper der Geschädigten einbrachte. Der Tod muss recht schnell eingetreten sein, wie der Sachverständige ausgeführt hat. Die Klinge war durch die Haut der linken Brust eingedrungen, hatte einige Brustdrüsen durchschnitten, war auf die dritte Rippe gestoßen, hatte diese zersplittert und schließlich den linken Herzvorhof zerstört. Der Angeklagte ließ die Stichwaffe im Körper der Geschädigten stecken. Da auf der Waffe keine Fingerabdrücke gefunden wurden, muss der Angeklagte Handschuhe getragen haben. Um die Beseitigung von Finger- und DNA-Spuren an anderen Gegenständen und auch an der Geschädigten selbst musste sich der Angeklagte nicht weiter sorgen, denn als Ehemann lebte er in den Räumlichkeiten. Er hätte sich eher verdächtig gemacht, wenn keine Spuren von ihm im Schlafzimmer gefunden worden wären. Auch dieses Vorgehen zeigt die Vorsätzlichkeit und genaue Planung der Tat.«

Empört sprang Pinkas auf. Um ein Haar – im wahrsten Sinn des Wortes – hätte er sich seinen Schädel an der inzwischen ja wieder geschlossenen Decke angestoßen.

›Darf man vielleicht zu diesem und jenem Stellung nehmen, Herr Richter? Mit Verlaub, Sie konstruieren sich da etwas zurecht. Sie sind voreingenommen. Sie sind beeinflusst von der Nebenklage, von diesem Schauspiel mit meiner Schwiegermama in der Hauptrolle. Sie brauchen einen Schuldigen, einen, auf den man allen Hass abladen kann, der alles Böse der Welt verkörpert und der alles Böse der Welt in seinen Haftraum mitnehmen soll, wo all dieses Böse auf menschenwürdigen neun Quadratmetern auf- und niederwabert, hin- und herstolpert.‹

›Ach, Pinkas, schau, darauf antwortet der Richter gar nicht mehr. Das Urteil ist schon lange rechtskräftig. Es wurde überprüft und für Recht befunden. Franziska ist tot. Du hast sie abgestochen. Mehr ist dazu nicht zu sagen. Hör auf, vor dir, vor mir, vor uns wegzurennen. Bleib stehen!‹

›Ich stehe ja, beruhige dich! Mit Weglaufen ist das auf einer Strecke von 200 Zentimetern so eine Sache…‹

›Du weißt, was ich meine.‹

Pinkas stand im Standard-WC-Raum. Die Knie zitterten leicht. Er blickte in den Spiegel. Wer schaute da zurück?

›Womöglich das Böse der Welt, wer weiß.‹

Unvermittelt zerriss ein lautes Quietschen die meditative Stille in diesem Beichtstuhl. Dann ein Ruck. Pinkas wurde nach vorn geschleudert, Richtung Beichtvater, dann wieder zurück zur Wand gegenüber vom Spiegel.

Der Zug stand.

17

Pinkas ließ sich auf den Beichtstuhl plumpsen.

›Obacht! Wer bist du jetzt?‹, fragte Pinkas. ›Einen Stuhl im Beichtstuhl haben nur die Priester zur Verfügung, die dürfen sitzen. Ist auch besser so, denn was die alles zu hören bekommen, das kann einen schon umhauen. Die Beichtenden knien. Also: Wer bist du – jetzt gerade?‹

Diese Fragen, diese Fragen! Pinkas versuchte zunächst einmal, etwas Luft zu holen, sich zu sammeln, wie man gerne sagt. Aufsammeln, zusammensammeln. Teile zusammenkehren, auf eine Kehrschaufel schieben und … ab in die Mülltonne. Oder aber: All die Einzelteile auf einem großen Tisch ausbreiten und versuchen, daraus wieder etwas zusammenzubauen, zu flicken, zu kitten. Wieder etwas in Ordnung zu bringen. Wie ein Puzzle. Wie Excalibur. Aber erst den Tisch säubern. Kräftig putzen. Reinen Tisch machen.

Einen Tisch gab es aber leider nicht im Beichtstuhl.

›Auch nicht schlimm. Kein Tisch, kein Putzzeug. Wie soll man da *reinen Tisch machen*? Nicht mein Versäumnis!

Völlig fehlgeplanter Beichtstuhl – ohne Tisch. Genauso fehlgeplant wie dieser Behandlungsraum 1, wie diese Kino-Loge. Und letztlich auch wie dieser Standard-WC-Raum nur mit Notlicht und vierter Wand statt Tür.‹

›Wie wäre es mal mit Hinknien? Demut zeigen. Kopf senken, den Blick auf den *Boden der Tatsachen* richten?‹

Stille. Zur etwas frischer gewordenen Luft gesellte sich erneut dicke. Wie sollte das enden? In diesem Zug, der nicht fuhr, der fuhr, der nicht fuhr, der fuhr, der nicht fuhr … sie liebt dich, sie liebt dich nicht, sie liebt dich, sie liebt dich nicht, sie liebt dich…

›Sie ist tot, Pinkas! Und du hast sie totgestochen.‹

Das mit Knien und Demut war Pinkas' Sache nicht, aber auf den Boden schauen, das ging natürlich. Hatte er auch schon des Öfteren gemacht hier in dem … Kämmerchen. *Kämmerchen*, ja das konnte man sagen, *Kammer* nicht, aber *Kämmerchen* war in Ordnung, brachte etwas sprachliche Abwechslung in den Gedankenaustausch. Der Boden der Tatsachen allerdings steuerte nur wenig zur Abwechslung bei. Er war düster, funzelig notbeleuchtet und mit einer halb auseinandergefallenen Zeitung bedeckt. Ein paar große Doppelblätter lagen leicht versetzt übereinander, alle etwas zerknittert, eines hatte sich entschlossen, ein touristisches Bergmassiv zu spielen. Pinkas' Augen tasteten die schroffen Felswände ab, in die man (wer mochte das gewesen sein?) als besondere Attraktion Buchstaben eingeschlagen hatte. Was stand denn da? Pinkas musste den Kopf leicht nach links neigen, denn die Felseninschrift begann am Fuße des Berges und führte die gefährliche Nordwand hoch bis zum Gipfel.

T-O-T-E   I-N   K-I-O-S-K   G-E-F-U-N-D-E-N

Neunzehn gewaltige Lettern, tief, tief, tief eingeschlagen in Granit. Da verwitterte nichts. Kein Sturm, kein Regen, kein Schnee konnte diesen monumentalen Artefakten etwas anhaben. Und ein Radiergummi schon mal gar nicht.

›Ganz schön hoch und steil, was, Pinkas?‹

›Ja, und schroff und spitz..‹

›Stimme ich zu, und auch glatt, eisglatt, gefährlich…‹

›Ganz genau, so einen Berg zu bezwingen, dazu gehört mehr als alpines Klettern, das ist Höhenbergsteigen der Spitzenklasse. Das will geübt und gelernt sein.‹

›Trauen wir uns das zu?‹

›Aber nur, wenn wir eine Seilschaft bilden. Diese Steilwände erfordern höchste Konzentration. Absichern ist allererste Bürgerpflicht.‹

›Rutscht der eine ab, verhindert der andere den Fall. Den tiefen Fall.‹

›Und rutscht der andere ab, so hilft der eine.‹

›Nur so kann es gehen.‹

›Vertrauen.‹

›Blindes Vertrauen.‹

›Freiklettern ist nicht.‹

›Nein, definitiv nicht.‹

›Mit oder ohne Sauerstoffflasche?‹ Pinkas lachte herzhaft los. ›Kleiner Scherz, mein Kletterfreund.‹

›Wir haben bislang gut üben können, hier ist eh kaum noch Sauerstoff, da brauchen wir auch beim Aufstieg keinen.‹

Unwillkürlich holte Pinkas tief Luft. Die Lungen saugten zwar etwas ein, aber Luft … Sauerstoff … konnte man das kaum nennen. Ehrfurchtsvoll schaute er die steile Nordwand an. Da hinauf! Der Wahnsinn!

›Denk an den Ruhm … später … *wenn wir wieder heil und munter/ humpeln gschwind den Berg hinunter…*‹

›Ja, stimmt. Interviews, Fernsehberichte, Buchpublikationen, Lesungen…‹

Pinkas überlegte, ob sie es vielleicht gar bewusst darauf anlegen sollten, sich ein, zwei Zehen abzufrieren. Schöne Folgeszenarien: Da sitzen er und Pinkas in einem TV-Studio, die Moderatorin labert und rhabarbert so vor sich hin, während die Extrembergsteiger erst einen Schuh und dann eine Socke ausziehen. Langsam, geradezu andächtig, strecken sie den nun nackten Fuß in die Kamera. Großer Zeh und Mittelzeh fehlen. Nur etwas verschrumpelte und vernarbte, rot-gelb glänzende Stumpen sieht man.

»Oh mein Gott«, zischt die Moderatorin, »was haben Sie nicht alles mitgemacht, das ist ja furchtbar. Sind die Zehen schon am Berg – ich glaube, es heißt richtig: im Berg – abgefallen? Liegen die da noch tiefgefroren irgendwo?«

›Nein, abgefallen sind sie nicht. So einfach geht das nicht. Wir haben sie uns selbst amputiert.‹

»*Selbst* amputiert. Verehrtes Publikum hier im Studio und draußen an den Empfangsgeräten – entschuldigen Sie diese grausame Dramatik. Aber es ist wichtig, auch einmal ganz deutlich zu machen, was Extrembergsteigen bedeutet. Das ist kein Kinderkram. Das ist nicht Disney-World. Das ist bitter-kalte Einsamkeit. Da müssen Entscheidungen getroffen werden: Großer Zeh weg, Mittelzeh weg. Kann der kleine noch erhalten werden? Womit haben Sie geschnitten?«

›Als Extrembergsteiger hat man Entsprechendes immer dabei. Ein Multifunktionsmesser. An Bord hat es einen Korkenzieher, einen Dosenöffner, eine Zange, eine Feile, einen Stichel, eine kleine Säge, einen Schraubendreher, einen Löffel, eine Gabel und last but not least eine etwa 50 Zentimeter lange Keramik-Klinge, extrem scharf, können wir Ihnen sagen, *extrem* scharf.‹

»Ah!‹, ruft die Moderatorin begeistert, »handelt es sich um das bekannte Modell *Excalibur*?«

Fest-fest-festgezurrt! So schnell kann man gar nicht schauen. Da stehen die Exekutionshelfer und wie ein Synchronballett schnüren sie den Delinquenten ein. Eng wird es. Und enger. Und enger.

Angst.

Der Berg ist hoch, die Wand ist steil –
indes: Schau hin und finde Heil.

Wer hatte diesen Blödsinn gerade gedichtet? Einer der Exekutionshelfer? Oder der Priester, der da am Fußende steht und mit fester Mimik und noch festerem Griff den großen Zeh des Delinquenten hält. Anderes war nicht zulässig. Körperkontakt während der Hinrichtung nur am großen Zeh. Aber war der nicht amputiert worden und lag tiefgefroren auf 5087 Metern Höhe in der Nordwand? Oder liegt der in einer Kühltruhe auf *Echsenburg*? Nein, nein und nochmal nein. Der große Zeh wurde mit *Excalibur* abgetrennt. *Mit Excalibur.*

T-O-T-E I-N K-I-O-S-K G-E-F-U-N-D-E-N.

Der Priester lässt den großen Zeh behutsam los. Die Gurte lösen sich, Loch für Loch. Er geht bedachtsamen Schrittes und gesenkten Kopfes zurück in den Beichtstuhl. Setzt sich. Wartet. Ergreift eine Bibel, die immer im Beichtstuhl bereitliegt. Er öffnet sie, schlägt DAS BUCH einfach irgendwo auf. ›Gott wird mir die rechte Seite zeigen‹, ist er überzeugt. Und natürlich, es musste 2 Mose 20 sein.

›Und Gott redete alle diese Worte: …‹ Laber, rhabarber. Du sollst nicht dies, du sollst nicht jenes, du sollst nicht jenes, du sollst nicht dieses.

Pinkas hatte sich von der Exekutionspritsche erhoben und war – Lazarus nicht unähnlich – etwas hinkend zum Beichtstuhl geschlurft. Du sollst nicht dies, du sollst nicht jenes, du sollst nicht jenes, du sollst nicht dieses. Wie erinnerte das doch an die Anstalt, in der er noch vor Kurzem war. Nicht dies, nicht das, nicht das, nicht dies. Dies aber schon: Du sollst deinen Vater und deine Mutter ehren.

›Habe ich, denke ich, immer gemacht, meistens gemacht, früher gemacht, früher mal gemacht.‹

›Ja, aber erinnere dich an unsere Show. Die Saaltür öffnete sich und herein kam unsere Mutter, blass, mager, hager, verheult; unser Bruder, blass, mager, hager.‹

›Um den Bruder geht es nicht. Der wird in den Anstaltsregeln nicht aufgeführt. Und, ach, das alles war eine Show, inszeniert von der Nebenklage, um die Richter zu beeinflussen, voreingenommen zu machen, sie gegen mich aufzubringen. Erst Schwiegermama … *Sie ist das zweite Opfer! Sie ist das zweite Opfer!* … dann Mama … *blass, mager, hager, verheult* … hat alles die Nebenklage inszeniert. Und erfolgreich! Hat ja alles geklappt, was die sich vorgenommen hatten.‹

›Na, ich weiß nicht. Da wirfst du jetzt einiges durcheinander. Unsere Mutter war am Ende. Ist am Ende. Du hast zwar nicht mit Excalibur in ihr herumgebohrt, aber du hast ihr Herz trotzdem gebrochen. Und das deines Bruders auch. Und das vom Vater auch, hättest du jedenfalls, wenn er nicht schon tot gewesen wäre.‹

›Von Brüdern steht nichts in den Anstalts…‹

›Mein Sohn‹, flüsterte der Priester, ›Gott hat mir die Seite gewiesen, von der ich dir gerade vorgelesen habe. Verstehe es als Erweis Seiner Gnade. Ergreife die Chance. Knie nieder, gehe in dich. Ich will dir Hilfe und Stütze sein.‹

Und dann las der Priester weiter: ›Du sollst nicht töten.‹

18

Wie hatte sich doch dieses Standard-WC verändert. Zu welchen Metamorphosen es imstande war! *Zahnarztbehandlungsraum 1, Kino-Loge, Haftraum, Scheißhaus* und *Beichtstuhl*. Ein wahres Multifunktionsräumchen, ein Multifunktionskämmerchen. Das Bahnunternehmen müsste viel mehr mit diesen Erlebnisräumen werben. Da käme es gar nicht immer darauf an, wohin die Fahrt geht. Gerne zahlt man schon allein für diese *multifunction railway-rooms*, für diese *salles polyvalentes en train*. Dreisprachige Schilder sollten an den Türen angebracht sein, Weltoffenheit ist wichtig, dazu noch aussagekräftige Icons: Männlein-Weiblein – Filmprojektor – Backenzahn – Kirchturm mit Kreuz – vergittertes Fenster. Und ganz unten entsprechende Hinweise in aufgenoppter Blindenschrift. Hier mit dem Zusatz, dass die Filme mit Audiodeskription abgerufen werden können. Für diesen Service erhält das Bahnunternehmen den jährlich neu ausgeschriebenen *Sonderpreis für Barrierefreiheit.*

›Barriere-Freiheit‹, dachte Pinkas, ›ja, das Wort lässt sich in verschiedenen Zusammenhängen verwenden und bedeutet dann immer etwas anderes. *Kann* etwas anderes bedeuten. Ich muss mich sammeln. Das wird höchste Zeit. Ich zerfließe, zerstückle immer mehr, löse mich auf in Puzzleteilchen, die sich selbst durchschütteln und vermischen, sodass es schwieriger und schwieriger wird, einen neuen Anfang zu finden. Mit welchem Teilchen sollte ich beginnen? Empfohlen werden Ecken und Ränder, weil man die einigermaßen leicht finden kann in dem Scherbenhaufen. Ecke links oben, rechts unten, Randstück links, Randstück rechts. Dann vielleicht Farben sortieren? Bringt nicht immer etwas…‹

›Kennst du denn das Ergebnis? Also weißt du, was du da am Ende zusammengefügt haben willst?‹

Wieder eine dieser schwierigen Fragen! Sehr, sehr schwierig, diese Frage. Mit *Excalibur* war das einfacher gewesen. Auf der Schachtel sah man, was zusammenzusetzen war, in Farbe sogar. Da half es durchaus, die Steinchen nach Farben zu sortieren, um mehr Überblick zu bekommen. Aber nun hieß das Puzzle *Pinkas* und die Teile lagen einfach so herum, es gab keinen Beutel, keine Schachtel mit einem Bild von Pinkas. Es gab nicht die geringste Idee, wie Pinkas aussehen soll am Ende. Und es gab auch nicht den geringsten Anhalt, wie Pinkas einmal ausgesehen hatte, bevor er in Tausende Teilchen auseinandergebröselt war.

Du sollst nicht töten. Wäre das vielleicht ein Anfang? Eckteil rechts oben?

T-O-T-E I-N K-I-O-S-K G-E-F-U-N-D-E-N.
Nein.
Tote in Kiosk gefunden. So.

Eckteil links unten mit drei Randstücken.
Mord zum Nachteil der Geschädigten Franziska H.
Der ganze linke Rand.
Erbunwürdigkeit.
Eckteil links oben.

›Na also, geht doch. Einen gewissen Rahmen haben wir schon, mein Freund.‹

Pinkas senkte den Blick, allerdings sitzend, nicht kniend. Auf dem notbeleuchteten Boden türmten sich rund um den *Berg des Todes*, um diesen *Mountain of Death*, um diese *Montagne de la Mort* wild aufeinandergestapelte Puzzle-Teilchen. Tausende. Sie bildeten gefährliche Klüfte, Gletscherspalten. Ein falscher Tritt… und ab ginge es nach unten. Wie sollte man nun weiterkommen? So viele Sicherungsseile, wie sie wahrscheinlich nötig wären, waren nicht zu beschaffen. Und überhaupt: Man konnte ja kaum etwas erkennen, in dieser Funzelhütte.

›Wäre es heller, ja, dann ginge es womöglich rasch von der Hand‹, entrüstete sich Pinkas. ›Wie kann man nur so geizig sein mit Licht! Da sieht man die Folgen: Puzzles bleiben ungelegt. Teilchen verkümmern, bleiben übereinander liegen, zerdrücken sich gegenseitig.‹

›Wie diese drei Leichen im Kiosk. Ich darf erinnern, was auf der Zeitungsnordwand geschrieben steht: *In dem beengten Kiosk lagen die drei Toten regelrecht übereinander. Alle haben Hieb- und Stichverletzungen davongetragen.*

›Du sollst nicht töten.‹

›Habe ich aber. Gibst du jetzt endlich Ruhe?‹

Der Priester schlug mit leichtem Schwung die Bibel zu und ließ DAS BUCH auf seine Knie sinken.

›Warum, mein lieber Bruder? Warum hast du das getan?‹

Pinkas schloss die Augen und es wurde zunächst pechschwarz. *Pechschwarz.* ›Mir wurde pechschwarz vor den Augen‹, das sagte man gerne, wenn man glaubte, in Ohnmacht zu fallen. In Ohnmacht fiel Pinkas jedoch nicht.

Nein, im Gegenteil. Der Projektor wurde eingeschaltet und … endlich … *Film ab*!

Zunächst wurde – das war ja immer so – ein Vorfilm gezeigt. Ein Oldie mit dem Titel *Franzi II*. Starring: Pinkas. Es gab zwei Franzi-Filme. Und wie das so ist: Wenn ein erster Film ein Kassenschlager wird, kommen mindestens zwei Fortsetzungen. Dieser jetzt war eine solche Fortsetzung. Fortsetzungen sind meist nicht so gut wie der Erstfilm. So auch hier. Er konzentrierte sich auf die Ergründung von Motiven für die Ermordung von Franzi. Viele langatmige Passagen, viele Monologe, viele Aussagen von drittklassigen Statisten, die gar nichts brachten. Der Film endete mit einem Schwenk auf Pinkas, der leicht schmunzelnd in die Kamera blickt.

Da war der Erstfilm aus anderem Holz geschnitzt gewesen. Starring: Excalibur. Co-Starring: Pinkas. Also Starring: Franziska H. Na, das war ein Action-Kracher gewesen … Meisterleistungen der Maske: Dieses Eindringen von Excalibur in die Brust, das Auf- und Einreißen der Haut, hyperrealistische Wundränder, dann das rhythmische Spritzen und Fließen von Kunstblut rechts und links von Excaliburs Schneide, das hörte gar nicht mehr auf. Ein Oscar für die Requisite und die anderen Special Effects wäre mehr als angemessen gewesen, letztlich auch für die Soundeffekte, das musste man fairerweise sagen … dieses knirschende Knacken von Brustwirbeln und -knorpeln, das Pneumothorax-Zischen und Gurgeln, ganz, ganz enorm.

Aber das war der Erstfilm gewesen. *Franzi II* fiel dagegen völlig ab.

Kurze Pause. Hell wurde es nicht mehr im Saal. Leider gab es auch weder Eiskonfekt noch eine kühle Limonade. Es blieb dabei: *Kein Trinkwasser – Eau non potable – No drinking water*.

Jetzt kam der Hauptfilm. Er wurde mit englischen und französischen Untertiteln gezeigt. Der Film hieß: *Das Trinkhallen-Gemetzel*. Da man Trinkhallen in dem Sinne weder im englisch- noch im französischsprachigen Raum kannte, konnte man den Titel nicht ganz wörtlich übersetzen. Etwas nüchterner hieß es daher im Englischen: *The kiosk of the dead* und im Französischen ähnlich: *Le kiosque de la mort*.

Starring: Pinkas. Co-Starring: Three Dead. Also Starring: *Excalibur* II alias *Balmung*.

Pinkas lehnte sich auf seinem Logenplatz soweit es ging – zehn bis fünfzehn Zentimeter – zurück. Da es nicht heller geworden war, wurde es jetzt auch nicht dunkler. Der Film fing einfach an.

19

›*K*arger Kerl klettert kühn und kraftvoll an Kran-Kette über kümmerliche Knastmauer.‹ Aus Versehen hatte Pinkas die Audiodeskription eingeschaltet. Die machte er jetzt aus. Er konnte ja sehen.

Aber in der Tat, der Film fing genau so an: Ein karger Kerl kletterte kühn und kraftvoll an einer Kran-Kette über eine kümmerliche Knastmauer. Das war Pinkas. Pinkas hatte fünf Jahre in einer Justizvollzugsanstalt zugebracht. Zwangsweise. Ein Richter, der zum guten Kirschenessen nicht zu haben war, hatte ihn dorthin verfrachtet. Pinkas sollte dort sein ganzes Leben verbringen. Unglaublich. Viele Nächte hatte Pinkas wach dagelegen und sich über den Richter empört. Während der in einem 150 Quadratmeter großen Reihenendhaus bestens von seinem Beamtensalär lebte und sich mit seiner Frau und/oder seiner Freundin und/oder einer Prostituierten im Bett vergnügte (wahrscheinlich trieb er es immer mit allen Dreien gleichzeitig, diese geile Sau), morgens die Kinder weckte, der Schwiegermutter den Tagesplan mitteilte und dann wieder ausrückte zum Kirschenpflücken, hockte Pinkas auf menschenwürdigen neun Quadratmetern. Allein. Keine Schwiegermutter (die war inzwischen an gebrochenem Herzen verstorben). Keine Freundin. Keine Frau (zugegeben: dafür hatten Excalibur und er selbst gesorgt). Professionelle gab es auch nicht. Am Anfang hatte

74

man fast 100 Tage ›Absonderung‹ für ihn angeordnet. Da gab es nicht nur keine Frauen, da gab's gar nichts. Nur ›Einschluss‹. Und eine Stunde pro Tag ›Aufschluss‹. An ›Umschluss‹ war nicht zu denken. »Wir schauen einmal, wie Sie sich hier einfinden«, hatte der Anstaltsleiter gesagt. »Irgendwann wird sicher auch einmal ein Umschluss möglich werden. Wenn Sie sich gut einfinden.«

Das war kein Leben.

Aber Pinkas war ja nicht dumm. Im Gegenteil: Hochintelligent. Stand sogar in der Zeitung. Nachdem er sich spielend gut eingefunden hatte, wurden ihm Papier, Bleistifte und – ganz wichtig – ein dicker Radiergummi zugestanden. Pinkas begann, seine Memoiren zu schreiben. Er musste dieses himmelschreiende Unrecht der Welt anzeigen. Neun Quadratmeter. Lebenslang. Einschluss, Aufschluss, Umschluss. Umschluss, Aufschluss, Einschluss. Wegen dieser geilen Sau von Richter.

Der erste Radiergummi war bald schon nur noch ein kleiner verkrümelter Stumpen. Er stellte einen Antrag, einen neuen Radiergummi kaufen zu dürfen. Das wurde erst einmal abgelehnt. Er musste Rede und Antwort stehen, was er mit dem ersten Radiergummi innerhalb von nur zwei Wochen angestellt hatte. *Angestellt*! Man hatte Sorge wegen denkbarer Zweckentfremdung. Als könnte man aus einem Radiergummi eine Pistole bauen! Oder einen zweiten Excalibur! Nun ja, hochintelligent war in der Anstalt nur einer. Eine Haftraumkontrolle förderte nichts zutage. Wie auch? Den Radiergummi hatte Pinkas dafür gebraucht, wofür er gedacht war: Graphit, das versehentlich in die Untiefen eines Papierblattes hineingeraten war, aus ebendenselben wieder zu entfernen. Zum Beispiel Buchstabenansammlungen wie F-r-a-n-z-i oder E-x-c-a-l-i-b-u-r oder S-c-h-u-l-d. Zum Beispiel. Das war harte Arbeit. So ein Radiergummi machte eine Menge mit und verlor viel Kraft. Das Papier litt natürlich auch. Manche Memoirenseite war löchrig geworden wie der berühmte Schweizer Käse.

So gingen die Jahre dahin, Einschluss, Aufschluss, Umschluss, Umschluss, Aufschluss, Einschluss. Alle drei bis vier Wochen ein neuer Radiergummi. Er musste ihn selbst bezahlen, das war klar, aber es war gut investiertes Geld.

Eines Tages, beim Hofgang, sah Pinkas, wie ganz nahe neben der hohen Anstaltsmauer ein Kran aufgebaut wurde. Irgendetwas sollte wohl da draußen gebaut werden, *im Jenseits.* Diese Redeweise hatte sich in seinem Anstaltstrakt verfestigt, wenn man von ›draußen‹ sprechen wollte. Irgendjemand vor schon längerer Zeit hatte die Angewohnheit gehabt, sich bemüht poetisch auszudrücken. Der hatte immer gesagt: ›*Jenseits* dieser Gemäuer, *jenseits* dieses Gezäuns, *jenseits* dieser Pforten … da ist die … die …‹

Na, irgendwas, es spielte keine große Rolle, was da *jenseits* war. Auf jeden Fall hatte man *jenseits* in den Anstaltsjargon aufgenommen. Vielleicht auch deshalb, weil dieser Poet sich eines Tages in seinem Haftraum aufgehängt hatte. ›Jetzt ist er *jenseits*, hatte sein Nachbar gesagt und geweint. Im *Jenseits*‹.

In den auf die erste Kranbeobachtung folgenden Wochen konnte Pinkas während seiner Freistunden beobachten, wie der Kranausleger hin und her schwenkte, wie, hoch in der Luft, an langen Seilen und Ketten Lasten von rechts nach links transportiert wurden. Das wiederholte sich Tag für Tag für Tag. Einschluss, Aufschluss, Umschluss. Hofgang. Umschluss, Aufschluss, Einschluss. Hofgang. Einschluss, Aufschluss, Umschluss. Hofgang. Umschluss, Aufschluss, Einschluss. Hofgang.

Und irgendwann, man mag es kaum glauben, schwenkte der Ausleger über die Anstaltsmauer, der Kranführer ließ eine Kette herunterfahren, geradezu heruntersausen, bis sie fast den Boden des Anstaltshofes berührte. Gleichzeitig gab es draußen, *jenseits* der Mauer, ein lautes Geheule und Gehupe, Sirenen sprangen an, man hörte Menschen schreien, »Feuer, Feuer«, der Kranführer kletterte hastig aus seiner Führerkabine, ließ alles stehen und liegen … und die Kette hängen.

Pinkas, hochintelligent wie er war, reagierte augenblicklich. Er, ein karger Kerl, kletterte kühn und kraftvoll an der Kran-Kette über die kümmerliche Knastmauer. Es musste die Vorsehung einer höheren Macht gewesen sein, dass das, ohne Aufsehen zu erregen, geklappt hatte. Dabei war er nicht einmal allein im Hof gewesen. Andere menschenwürdig Untergebrachte hatten ihm staunend zugesehen, waren aber auf dem Boden der Tatsachen verblieben. Auch Anstaltsbedienstete waren im Hof gewesen. Aber die hatten sich über »Feuer, Feuer« gewundert und mit einem Funkgerät nähere Anweisungen eingefordert. Das mit der Hochintelligenz in der Anstalt wurde schon erwähnt…

Von der Mauer ging's für Pinkas weiter mit einem Hechtsprung auf einen Baum. Der Rest war ein Kinderspiel. Nein, natürlich kein Kinderspiel. Kinder sollten das nicht nachmachen. Aber zu *Lebenslänglich* verurteilte Mörder mussten gewisse Risiken in Kauf nehmen.

Pinkas war im *Jenseits*.

›Du alte, geile Sau‹, dachte er und meinte damit den Richter, diesen Reihenendhausbesitzer, der es mit drei Frauen gleichzeitig trieb, ›bald schon werde ich dich zu einer Schüssel Kirschen einladen.‹

Denkt's und hüpft behende davon.

20

Bis hierher hatte der Film *Das Trinkhallen-Gemetzel* (*The kiosk of the dead – Le kiosque de la mort*) in gewisser Weise *Franzi I* & *II* forterzählt, um den Zuschauern das, was nun folgte, verständlich zu machen. Insofern war es durchaus angebracht, eine kleine Vorführpause einzulegen. Pinkas reckte und streckte sich ein wenig auf seinem harten Logen-Sessel.

›Nicht unspannend, was, Pinkas? Wie es wohl weitergehen wird?‹

›Eigentlich brauchst du den Film nicht weiterzusehen. Du kennst doch das Drehbuch. Hast es selbst geschrieben. Hast die Hauptrolle gespielt.‹

Pinkas sackte etwas in sich zusammen. Er hatte Durst. Er hatte Hunger. Er bekam schlecht Luft. Muskeln in Beinen, Rücken, Armen schmerzten. Die Arschbacken auch. Der Klodeckel war verdammt hart, steinhart. Wahrscheinlich hatte man Felsen aus dem *Berg des Todes* hier verbaut.

›Jeder Film geht einmal zuende. Und was dann? Ein Film ist ein Film. Und die Wirklichkeit die Wirklichkeit. Das ist dir schon klar, oder?‹

Bevor Pinkas irgendeine patzige Antwort geben konnte, drang unvermittelt ein Geräusch zu ihm vor, das neu war. Es war ein leichtes Rauschen, ein leises Klopfen. Es kam von oben, das war deutlich. Was konnte das sein?

›Oh, mein Lieber, nichts Weltbewegendes: Es regnet.‹

»Regentropfen, die an mein Fenster klopfen«, sang Pinkas laut und fröhlich. Allerdings gab es kein Fenster. Nur den Boden der Tatsachen.

Aber das andere stimmte. Es regnete im Jenseits.

Die Vorstellung von Wasser, klarem, kühlem Regenwasser, das aus einer Wolke hoch oben über den *Geschwistern Pinkas* herunterplätscherte, löste in ihnen noch heftigeren Durst aus. Und mehr noch: Die Vorstellung von Wasser, klarem, kühlem Regenwasser führte den Zwillingen vor Augen – und leider auch vor Nase –, wie durch und durch verschwitzt sie waren, dass ihr Hemd halb angetrocknet, halb nässend auf der Haut klebte, dass die Unterhose irgendwie verzwirbelt und leicht durchfeuchtet zwischen ihren Oberschenkeln hing, dass der Bund der Jeans, die viel zu klein war, rötliche Wundstreifen in ihren Bauch geritzt hatte und dass die Anstaltssocken schon mehrere Tage und zunehmend erfolglos damit beschäftigt waren, den Schweiß von ihren Füßen aufzusaugen.

›Gut, dass wir hier alleine sind, den Gestank würde ja keiner aushalten!‹

›Man müsste duschen.‹

›Genau. Und Rahn müsste schießen.‹

Aber wo? Wo *duschen* natürlich? Es ging hier wirklich nicht um Fußball. Obwohl: Ein Strafraum… *Kino-Loge – Behandlungsraum 1 – Standard-WC-Raum – Beichtstuhl – Haftraum – Kämmerchen … Strafraum…* das war gar nicht so übel. Aber zurück zum Duschen. Das war durchaus angesagt. Aber wo? Das war die Frage der Fragen, nein: *eine* Frage von vielen. Zwar war Pinkas im Jenseits, aber ohne Dusche. Ungewöhnlich für das Jenseits. Diesseits vom Jenseits hatte es Duschen gegeben. Nicht in dem menschenwürdigen Appartement, aber immerhin in der Anstalt. Allerdings war er jetzt im Diesseits des Jenseits. Es war sehr kompliziert geworden.

Pinkas schloss die Augen. Das nutzte der Priester, um unbemerkt aus seinem Beichtstuhl herauszukommen. Erneut hatte er sich DAS BUCH von einer höheren Macht irgendwo aufschlagen lassen, diesmal war es 4 Mose 35.

»Höre, mein Sohn: Wer jemand mit einem Eisen schlägt, dass er stirbt, der ist ein Mörder und soll des Todes sterben. Der Bluträcher soll den Mörder zum Tode bringen; wo er ihm begegnet, soll er ihn töten.«

Pinkas schreckte hoch, öffnete die Augen.

Die höhere Macht blätterte weiter in DEM BUCH. Nun hielten die Seiten bei 2 Makkabäer 9 an.

»So litt denn der Mörder und Gotteslästerer so große Schmerzen, wie er sie andern angetan hatte, und starb eines jämmerlichen Todes in fremdem Lande in der Wildnis.«

In fremdem Lande. In der Wildnis. War er dort angekommen? War der Zug in ein fremdes Land gefahren? In die Wildnis? Hatte der Zug – einmal steht er, einmal fährt er, einmal steht er, einmal fährt er – ihn zum Bluträcher gebracht? War das ein Zug nicht vom Diesseits ins Jenseits, sondern vom Jenseits ins Diesseits?

Große Schmerzen. Ja, die hatte Pinkas in der Tat. Jeder Muskel hatte sich verspannt wie ein Schiffstau, das man immer und immer wieder um sich selbst herumgewunden hatte. Sein Kopf dröhnte. In seinen Ohren Blutfälle. Die Lungen blubberten und lechzten nach Luft. Blase, Magen und Darm krampften, weil es nichts gab, womit sie sich beschäftigen konnten. Die Zehen hatten sich dank schweißfeuchter Socken in den Schuhen wundgescheuert. Die Augen wollten tränen, aber da war kein Tröpfchen mehr zu haben.

So litt denn der Mörder.

Der Regen nahm zu. Es plätscherte und prasselte auf das Waggondach. Pinkas wollte sich die Ohren zuhalten, aber er konnte seine Arme kaum heben. Außerdem rauschte es ja ohnehin in seinen Ohren. Lärm war in ihm, Lärm war um ihn herum.

›Bleib bloß sitzen‹, riet Pinkas, ›mir wird schwindlig.‹

Dann knallte es. Pinkas zuckte zusammen. Kam das von der Tür, die es eigentlich nicht mehr gab? War da draußen etwas an die Tür geknallt? Pinkas versuchte angestrengt zu lauschen, aber der Lärm machte das unmöglich. Irgendetwas hatte da geknallt, gepocht, da war sich Pinkas sicher. Aber was?

›Nun, mein kleiner Angsthase: Es regnet … es regnet. Erst waren es nur leichte Schauern, jetzt inzwischen aber prasselt es richtig heftig. Da bleibt es oft nicht aus, dass sich auch ein Gewitterchen zu Wort meldet. Ein Blitzchen, gefolgt von einem Dönnerchen.‹

Auf Pinkas, diesen Fuchs, war doch Verlass. Selbst in den übelsten Momenten.

21

Nun konnte es noch einmal richtig gemütlich werden. Draußen: Regen, Blitz und Donner. Drinnen: Schutz und Höhlengemütlichkeit.

›Zwar beengt, aber *my castle*.‹

Zur Entspannung ein Filmchen.

›Wo ist die Fernbedienung? Ah, ja, da haben wir sie.‹

Ein sanfter Druck auf die Play-Taste und … *Das Trinkhallen-Gemetzel* konnte beginnen. Ein klein wenig spulte Pinkas den Film zurück, um sich den Anschluss noch einmal vor Augen zu führen.

›Du alte, geile Sau, bald schon werde ich dich zu einer Schüssel Kirschen einladen.‹

Pinkas war ins Jenseits gelangt, wo es Menschen wie Franziska gab, Menschen wie seine Mutter, seinen Schwiegervater, seine Anwälte … und wo es Menschen gab, mit denen man nicht gut Kirschen essen konnte, wie diesen

Herrn Oberrichter, der der Meinung war, man könnte ihn, Pinkas den Großen, für den Rest seines Lebens in ein Neun-Quadratmeter-Klo verbannen. Da hatte Pinkas der Große noch ein Wörtchen mitzureden. So etwas machte man nur ein Mal mit ihm. Und dann nie wieder.

Hochintelligent, wie Pinkas war, bewegte er sich im Jenseits mit unsichtbarer Eleganz. Er entledigte sich seiner Anstaltskleidung, hüpfte in Slip und Socken in einen Schrebergarten, wo auf eine Leine Wäsche zum Trocknen aufgehängt worden war. Ein Hemd, eine dunkle Jogginghose. Wie ein Zauberer war er in Windeseile in Hemd und Hose geschlüpft. Die Hose war noch ein wenig klamm, aber ein bisschen Verlust war immer. Leider gab es keine Schuhe. Aber die Stege und Wege waren trocken und gut asphaltiert. Weiter gings auf Anstaltssocken in das kleine Städtchen. Pinkas hatte etwas Geistmäßiges an sich, bewegte sich huschend und duckend und war stets nur wie ein blasser Schatten sichtbar. Einem Windhauch vergleichbar rauschte er durch die Tür eines Bekleidungsgeschäfts, begab sich wie ferngesteuert in die Herrenabteilung, ergriff links eine Jeanshose – diesmal trocken – und rechts eine graue Übergangsjacke, hinein in die Umkleidekabine, Hose über die feuchte andere gezwängt, bisschen eng, aber gut, Jacke passte, Sicherungsetiketten professionell entfernt, raus, Blick links, Blick rechts, gab es Kameras?, nein, weiter Richtung Ausgang, einmal kurz Luft angehalten, würde ein Alarm losgehen?, nein, alles ruhig, und wie ein Windhauch war Pinkas wieder durch die Tür hinausgerauscht.

Nun fehlten noch Schuhe. Das war komplizierter, aber es gab nichts, was ein Pinkas nicht in den Griff bekam. Auf dem Parkplatz eines großen Supermarktes stand ein Sammelcontainer. Hier konnte man ausgelatschte Schuhe – möglichst paarweise aneinandergebunden – für einen guten Zweck einwerfen. Pinkas schwebte heran, öffnete die Fallklappe und griff behutsam hinein. *Behutsam* war wichtig, denn es hatte Fälle gegeben, so hatte er in der Anstalt in einer Zeitung gelesen, da waren Leute mit den Armen in der Klappe hängengeblieben und die Feuerwehr musste kommen – nein, das konnte Pinkas wahrlich nicht gebrauchen. Er tastete *behutsam* in dem Container herum. Leider war er noch nicht sehr voll. Aber es gelang ihm nach einigen angestrengten Versuchen doch, einen Schnürsenkel zu erhaschen und diesen mit daran hängenden Schuhen hochzuziehen.

›Hoffentlich keine Kinderschuhe! Hoffentlich keine Frauenschuhe! Hoffentlich Sportschuhe in 46.‹

Kinderschuhe waren es nicht, Frauenschuhe auch nicht, aber auch keine Sportschuhe in 46, sondern schwarze Managerschuhe in 45.

Er zwängte seine inzwischen doch etwas geschwollenen Füße hinein. Bequem war etwas anderes.

›Na, das wird sich geben‹, dachte er, ›neue Schuhe muss man immer erst ein bisschen einlaufen.‹

Er humpelte rasch vom Parkplatz und steuerte einen kleinen Park an. Dort wollte er sich ein wenig ausruhen und nachdenken, wo er Kirschen für den Herrn Oberrichter herbekommen könnte. Aber das war gar nicht nötig. Wahrscheinlich half erneut eine höhere Macht. Pinkas lief – nein, er schlurfte eher, um Schmerzen durch die zu engen Schuhe zu vermeiden – Pinkas schlurfte also über eine Wiese im Park und erreichte eine kleine Baumgruppe. Dahinter hörte er einige Männer lachen. Es waren Gärtner, die etwas mit der Baumgruppe vorhatten und gerade noch eine Pause einlegten. Ihre Gerätschaften hatten sie schon ausgebreitet: einen Rechen, eine Hacke, eine Heckenschere … und eine Handstichsäge.

›Excalibur!‹, dachte Pinkas begeistert. ›Nein, noch viel besser als Excalibur‹.

Diese Handstichsäge war eine Offenbarung. Sie verfügte über einen Zwei-Komponenten-Griff mit Soft-Zone für sichere und angenehme Umklammerung mit der Hand. Die Säge selbst war 80 Zentimeter lang und ausgestattet mit *aus dem Vollen geschliffenen* edelstählernen Schneidezähnen, die ein besonderes Schnitterlebnis und Schnittergebnis garantierten.

Nun, die Gärtner mussten auf solche freudigen Erlebnisse heute verzichten. Pinkas bückte sich, schnappte sich die Säge und schlurfte von dannen. Das Schlurfen kam ihm in dieser Situation sogar gut zu pass. Wäre er weggerannt, hätte das womöglich die Aufmerksamkeit der Gärtner erregt. Aber so? Leicht angetrunkener Penner im Park. Kannte man.

Pinkas setzte sich auf eine Bank, zog die Säge unter seiner Übergangsjacke hervor und betrachtete sie andächtig. Auf dem Zwei-Komponenten-Griff mit Soft-Zone stand der Name der Säge oder der Firma, die sie hergestellt hatte. Pinkas entschied, dass es der Name der Säge war. *Balmung.* Das passte zu *Excalibur.* Wie Pinkas I zu Pinkas II. Wie Kino-Loge zu Standard-WC-Raum. Wie Franzi I zu Franzi II. Alles fügte sich zueinander. Alles fand eine Ergänzung. Alles drängte nach einer Lösung.

Alles pochte auf eine Auflösung.

22

Auf der Leinwand erschien ein Schriftzug: *Einen Tag später.* Pinkas saß an einer Bushaltestelle. Auf einen Bus wartete er allerdings nicht. Es war Mittwoch, kurz vor 6 Uhr in der Frühe. Die Bushaltestelle lag keine 50 Meter von einem großen Gebäude entfernt. Das war das Gerichtsgebäude, das Pinkas mehr von innen als von außen kennengelernt hatte. Da augenscheinlich eine höhere Macht mit ihm war, hatte er die große, aus seiner Sicht weder unbegründete noch unberechtigte Hoffnung, dass irgendwann an diesem Tag der Herr Oberrichter auftauchen könnte, um in sein Reich, seinen Schweinestall, einzumarschieren. Aber zuvor würde Pinkas ihn zu einer Portion Kirschen einladen – mit *Balmung* appetitlich hergerichtet.

Das Leben hält oft einige Überraschungen und Zufälle bereit. Der Kran jenseits der Anstaltsmauer war so eine Überraschung, so ein Zufall gewesen. Das mochte man kaum glauben. Und nun um 6 Uhr 02 hielt, etwas verspätet, die Buslinie 43 vor dem kleinen Wartehäuschen, in dem Pinkas auf einer Bank saß. Voll war der Bus nicht, auch hier geringes Fahrgastaufkommen. Aber ein paar Leute stiegen aus. Pinkas saß reglos da, was der Fahrer als Wink deutete, wieder abfahren zu können. Zwei junge Männer zündeten sich eine Zigarette an, gingen ein paar Schritte und besprachen irgendetwas. Eine ältere Frau blieb an der Haltestelle stehen. Wahrscheinlich wartete sie auf einen anderen Bus. Sie war noch nicht am Ziel angekommen. Pinkas auch nicht. Ein Mädchen, mit einem Rucksack beladen, tippte auf einem Smartphone herum und ging nach Westen. Das Gerichtsgebäude lag im Osten. Und dann stand da noch ein älterer Mann, ein älterer *Herr*, gut gekleidet, *ordentlich* gekleidet, der sich wie wild irgendwelche Fusseln vom Mantelärmel klopfte, dann auf die Uhr schaute, etwas unschlüssig wirkte – für *einen kleinen Moment* etwas unschlüssig wirkte – und schließlich nicht nach Osten, sondern nach Westen ging. Eigentlich hätte er nach Osten gehen müssen, denn dieser ältere, ordentlich gekleidete und für einen kleinen Moment un-schlüssig wirkende Herr war der Herr Oberrichter.

Zufälle gibt's, die gibt's gar nicht.

Pinkas hatte ihn sofort erkannt. So ein geiles Gesicht vergaß man nicht. Machte mit drei Frauen gleichzeitig rum! Das vergaß man nicht. Auch nicht *die besondere Schwere der Schuld*. Auch nicht *Lebenslängliche Haftstrafe*. Und auch nicht: *Gut Kirschen essen*. Oder: *Nicht gut Kirschen essen*. Wie auch immer…

Die geile Sau ging recht rasch nach Westen. Pinkas sprang auf, streifte die wartende Oma und schlurfte der Sau hinterher. Da er länger nicht gelaufen war, schmerzten die Füße schon sehr. Mehr als schlurfen ging wirklich nicht.

Rucke di guh, rucke di guh,
Blut ist im Schuh:
Der Schuh ist zu klein,
die rechte Braut sitzt noch daheim.

Mama, inzwischen an gebrochenem Herzen verschie-den, hatte Pinkas dieses Märchen öfters vorgelesen. Viel-leicht war jetzt Blut im Schuh. Durchaus denkbar. Die Schuhe waren nun einmal zu klein. 45 und nicht 46. Wie Recht Märchen doch haben! Allerdings saß die rechte Braut nicht mehr daheim. Dank Excalibur.

Die Sau war gut zu Fuß. Strammen Schrittes stapf-te sie da nach Westen, erreichte das Mädchen mit dem Rucksack, grunzte es an und überholte es. Zum Glück gingen von der Straße keine Nebenstraßen links oder rechts ab, in die die Sau hätte abbiegen können. Da hätte Pinkas das Nachsehen gehabt. Aber so konnte er die Sau – eigentlich war es ja ein Eber, aber Pinkas fand *geile Sau* passender für den ordentlich gekleideten Herrn – im Blick behalten. Auch eine Form des Nachsehens.

Die Sau strammen Schrittes, Pinkas schlurfenden Schrittes – eine denkwürdige Verfolgungsjagd.

So rasch die Sau lief, so behäbig trödelte das Mädchen mit Rucksack, auf seinem Smartphone herumtippend, vor sich hin, sodass Pinkas es trotz Schlurferei ein- und überholte. Sonst war niemand auf der Straße unterwegs, jedenfalls nicht als Fußgänger. Ein paar Autos fuhren an Sau, Mädchen und Pinkas vorbei, auch ein Bus, dann ein Lastwagen, schließlich noch ein Bauarbeiter mit Helm auf einem elektrischen Roller.

Die Kamera zoomte ein wenig in die Straße hinein und lenkte den Blick der Zuschauer auf einen Kiosk, der rechts ins Bild geholt wurde. Die Sau war nur noch wenige Meter davon entfernt.

Der Kiosk nannte sich selbst nicht *Kiosk*, auch nicht *Bude* oder *Büdchen*, sondern *Trinkhalle*. Das hatte mit kulturellen Traditionen der Region zu tun. Natürlich handelte es sich nicht um eine *Halle* im landläufigen Sinn: keine Turnhalle, keine Sporthalle, keine Schwimmhalle, keine Markthalle. Das waren alles große, teils sehr große Gebäude.

Eine Trinkhalle dagegen ist klein, zum Teil sehr klein. Es gibt freistehende und nicht freistehende Trinkhallen. Manchmal werden Trinkhallen *als Trinkhallen* geplant und gebaut. Manchmal aber kommt es auch vor, dass ein kleines Wohnhäuschen seiner Bewohner verlustig geht (alle ums Leben gekommen, zum Beispiel bei einem unglücklichen Brand) und jemand die Ein-Zimmer-Villa zu einer Trinkhalle umgestaltet. Nicht freistehende Trinkhallen sind mit Gebäuden anderer Art und anderer Zweckbestimmung aneinander gemauert. Allen Trinkhallen gemein ist eine größere Tür- bzw. Fensterfront zur Straße oder zum Gehsteig hin. Die Fenster, am besten geeignet sind Schiebefenster, lassen sich weit öffnen. Wenn auch noch eine Tür für Kundschaft vorhanden ist, dann kann ebendiese die Halle betreten und es sich dort gemütlich machen. Trinkhallen sind Brutstätten sozialen Lebens. Eine Trinkhalle kann Ehen kitten oder auch zerrütten. Eine Trinkhalle ist des Alkoholikers Rettungsinsel. Eine Trinkhalle ersetzt Zeitung, Radio und Fernsehen. In Trinkhallen gibt's Sturzgeburten und Herzstillstände. Eine Trinkhalle ist das Alpha und Omega der Spezies *Mensch*.

Die geile Sau hatte die Trinkhalle erreicht. Es handelte sich nicht um ein freistehendes Hällchen, sondern dieses hatte links und rechts angemauerte Nachbarn. Links befand sich ein größeres Mietshaus, sicher fünf Stockwerke hoch mit acht bis zehn Parteien. Rechts gab es einen kleinen Damen- und Herren-Friseursalon. Er gehörte Heidi. Wahrscheinlich gehörte er ihr, denn auf der Eingangstür stand (mit doppelt falschem Deppenapostroph, wie so oft): *Heid'is HairHouse*. Heidi konnte nicht nur gut mit Kamm, Schere und Fön, sondern hatte auch poetische Talente. Auf dem Fenster prangte der eingängige Werbeslogan:

Wächst das Haar dir übern' Kopf,
hal'ts zusammen mit nem Zopf.
Bist den Zopf du dann mal LEID,
komm zu Heidi, die hat SCHNEID!

Die grandiosen Verse wurden aufgewertet durch eine ikonographische Zutat. Das Wort *SCHNEID* in fetten Buchstaben wurde zwischen dem *N* und dem *E* von einer schmalen, mit Tusche gezeichneten Schere verziert, die, von unten kommend, ihre beiden oberen Scherenhebel leicht gespreizt in den Raum zwischen *N* und *E* vordringen ließ.

Die Trinkhalle zwischen *Heid'is HairHouse* und einem Acht-bis-zehn-Parteien-Wohnhaus war klein und hörte auf den Namen *JoRu's Trinkhallen-Paradies* (mit einfachem Deppenapostroph). Besitzer oder Betreiber waren, so konnte man auf einem Klebeschildchen lesen, Jolante Zursonne und Rupert Siegreich. Die Fensterfront mochte etwa zwei Meter fünfzig breit sein. Gleich neben dem Fenster befand sich eine schmale Tür, durch die man in das Hällchen hineingehen konnte. Vor dem Fenster – nach außen hin – war eine tiefe und stabile Fensterbank angebracht, auf der zwei Zeitungsstapel lagen, eine Zuckerdose, ein Kistchen mit kleinen Döschen Kondensmilch, Deckeln für To-Go-Kaffeebecher und hölzernen Rührstäbchen. Ferner gab es ein Dauerlutscher-Karussell, einen Aschenbecher, in dem bereits zwei Kippen lagen, einen angebundenen Kapselheber (vulgo: Flaschenöffner) und eine zweckentfremdete leere Erbsensuppe-mit-Einlage-Konservendose FÜR KRONKORKEN UND ANDERE KAPSELN. Umweltschutz wurde in *JoRu's Trinkhallen-Paradies* durchaus GROSSGESCHRIEBEN. Schließlich wies ein kleiner Plastikaufsteller darauf hin, dass es jeden Morgen ab 6 Uhr Kaffee, Tee, Kakao sowie frische Brötchen gebe – belegte und unbelegte.

Mo-Mi: Salami oder Gouda. Do-Sa: Roher Schinken oder Zwiebelmett. So: Ei, Salat, Remoulade, gekochter Schinken.

Die zwar ordentlich gekleidete, aber dennoch geile Sau ging zielgerichtet auf das geöffnete Trinkhallen-Fenster zu. »Morgen Ru, Morgen Jo«, trompetete er los. »Hab's mal wieder eilig und werde keine Zeit für ein Mittagessen haben. Also, bitte, wie immer: Kaffee, zwei Brötchen, heute ist … Mittwoch, also eins mit Gouda, eins mit Salami…«

»Und eins mit Kirschen!«, rief da jemand hinter der Sau.

23

Pinkas, der Regisseur, hatte Pinkas, den Kameramann, angewiesen, beim Stichwort *Kirschenbrötchen* auf Superzeitlupe umzuschalten.

Denn Gemetzel brauchen in aller Regel nicht viel Zeit, das geht meist Ruck-Zuck, der Metzler steht ja oft auch unter Zeitdruck, muss nach getaner Arbeit schnell weg, für Bummler ist das der falsche Job. Aber der Zuschauer möchte doch länger etwas davon haben. Immerhin hat er ne Stange Geld hingelegt für den Logen-Platz.

Pinkas allerdings hatte nichts bezahlt, er hatte sich ins Kino heimlich reingeschlichen. Er hatte sich den Logenplatz *erschlichen*. Leistungserschleichung. Aber geschädigt wurde niemand. Er hatte ja niemandem den Platz weggenommen, hatte niemanden vertrieben. Er hatte niemanden abgestochen und vom Kinosessel geschubst. Das ist bei der Schuldzumessung bitte zu berücksichtigen.

›Das stimmt, Pinkas. Das Gemetzel fand nicht im Kino statt, sondern in der Trinkhalle.‹

›Ja, weiß ich. Und jetzt schauen wir uns beide diesen Filmhöhepunkt an, den Kameramann Pinkas mit sage und schreibe 1000 Bildern pro Sekunde dokumentiert hat. Eine wahnsinnige Errungenschaft war das gewesen in den 1900er und 1910er Jahren. *Zeitmikroscop* hatte es einer der Erfinder genannt. Die Zeit bläht sich auf…‹

›Lenk nicht ab, du kluges Kerlchen!‹

Pinkas und Pinkas rückten aneinander, schubbelten sich ein wenig auf dem Klodeckel, lehnten sich gemütlich vier Zentimeter zurück und taten so, als hielte der eine in der rechten Hand eine Tüte Popcorn und der andere in der linken Hand eine eiskalte Cola.

»Und eins mit Kirschen!«, rief jemand hinter der Sau.

Die Sau drehte sich langsam, ganz langsam nach links, der rechte Arm erhob sich leicht in die Luft und schwebte der Schulter hinterher. Der Kopf bewegte sich wie ein Kreisel, dem die Kraft ausgegangen war. Zaghaft lugte die Nasenspitze aus der mählich sichtbar werdenden linken Gesichtshälfte hervor. Die linke Schulter zog sich schleppend nach hinten zurück. Das rechte Bein löste sich vom Boden und vollführte eine stille, halbe Kreisbewegung nach links. Der träge Schub ermöglichte dem linken Bein eine behäbige Drehbewegung, sodass sich – weiter oben – den Zuschauern die Nase der Sau in ihrer ganzen Pracht entgegenstreckte. Nun öffnete sich der Mund, Millimeter für Millimeter für Millimeter für Millimeter. Ton gab es während dieser *Zeitmikroscop*-Sequenz nicht. Aber ebenso, wie es für Blinde in diesem Kino eine Audiodeskription gab, stand für Gehörlose eine Untertiteltechnik zur Verfügung, die nicht nur anzeigte, was *gesprochen* wurde, sondern auch, ob und welche *Geräusche* im Film zu hören wären, wenn man denn hören könnte (FURZ, PRASSEL, RÜLPS, KNACK, QUIETSCH). Wenn schon barrierefrei, denn schon. Pinkas drückte den entsprechenden Knopf rechts neben dem kleinen Waschbecken.

Untertitel *Sau*: »Was?«

Untertitel *Pinkas*: »Und eins mit Kirschen!«. Während er das sagte, öffnete Pinkas den Reißverschluss seiner Übergangsjacke. Daumen und Zeigefinger der rechten Hand umfassten den Schiebergriff, mit dem der Schlitten Krampe von Krampe von Krampe von Krampe löste und dabei immer weiter nach unten Richtung Verschlussendteil ruckelte. Daumen und Zeigefinger gaben Schieber und Schlitten nun auf und formierten sich mit den übrigen drei Fingern – langsam … einer … nach … dem … anderen – zu einer noch halb geöffneten Faust, die zur linken Innenseite der Übergangsjacke schlich. Die

91

Sau schaute inzwischen geradewegs in die Kamera, die Augen füllten die gesamte Breite der Cinemascope-Leinwand aus. Das war ein begnadeter Schauspieler, der die Sau verkörperte! Grandioses Casting! Wie man Angst, Todesangst, so wirklichkeitsgetreu ausschließlich mit den und über die Augen spielen konnte! Meisterleistung! Eines Oscars würdig!

Die Kamera zoomte langsam heraus und fuhr rechts an Sau und Pinkas herum, sodass die beiden im Kino sitzenden Pinkas sich und die Sau von der Seite sehen konnten. Pinkas' Finger der rechten Hand hatten *Balmungs* Zwei-Komponenten-Griff mit Soft-Zone fest umklammert. Der rechte Ellbogen zog sich Zentimeter um Zentimeter zurück. Der Unterarm mit *Balmung* am Ende wirkte wie ein Pfeil, dem ein geübter Bogenschütze, mehr … und … mehr … und … mehr die Sehne zurückziehend, einen baldigen Abflug in Aussicht stellte. Der Ellbogen hielt etwa 50 Zentimeter von Pinkas' rechter Hüfte entfernt mit leichtem Zittern inne und machte sich sodann in Gegenrichtung auf. *Balmungs* zackige Spitze erfreute sich an feinen Auf- und Niederbewegungen, vergleichbar einem Korken, der auf einem See trieb und von zarten Wellen gestreichelt wurde.

Untertitel *Sau*: »NEEEIIIIN!«

Untertitel *Pinkas*: »UND OB!«

Untertitel *Jolante Zursonne*: [KREISCH. HEUL.]

Untertitel *Rupert Siegreich*: »KOMMEN SIE REIN! SCHNELL!«

Balmungs zackige Spitze hatte das Oberhemd der Sau erreicht und ohne weiter ›Guten Tag‹ zu sagen oder ›Darf ich nähertreten?‹ das Baumwoll-Leinen-Gemisch durchtrennt. Weiter ging's durch die Oberhaut mit Horn- und Keimschicht, hinein in die Lederhaut, vorbei an und auch mitten durch Blutgefäßchen, Drüsen, Nervlein, tiefer hinab in die Unterhaut, die auf der anderen Seite wieder verlassen wurde, da *Balmungs* Entdeckergeist geweckt war und er mit Vergnügen Arterien und Venen auskundschaftete, einen Blick in die Pleurahöhle warf und schließlich – es wurde Zeit, denn *Balmungs* Schwung ließ nach – Herz und Lunge einen Besuch abstatte.

Untertitel *Rupert Siegreich*: »KOMMEN SIE REIN! HIER! SCHNELL!«

Untertitel *Jolante Zursonne*: [HEUL. KREISCH.]

Untertitel *Pinkas*: »GUTEN TAG, HERR OBERRICHTER, GESTATTEN: FRANZIS EHEGATTE! WIE LÄUFT'S ZUHAUSE MIT NUTTE, FREUNDIN, FRAU? HABE FÜNF JAHRE AUF DIESES KIRSCHENESSEN GEWARTET.«

Die Kamera wackelte ein wenig. Mit Absicht. Das sollte – trotz *Zeitmikroscop* – Dynamik veranschaulichen. Das Hemd der Sau war durch und durch rot eingefärbt. Kirschrot. Pinkas zog *Balmung* mit Bedacht aus dem Brustraum heraus, was zur Folge hatte, dass aus dem länglichen Spalt in der Haut mit großem Druck und Schwung Kirschsaft nach außen gepumpt und gespritzt wurde. Pinkas bekam einiges ab. Das *Zeitmikroscop* zeigte, wie kleine rote Tröpfchen auf Pinkas' Lippen, auf seine Nase und seine Wangen auftrafen und dort zu einem blutigen Nebel zerstieben.

Halbtotale. Ende für das Zeitmikroscop.

24

Die Richtersau humpelte gebückt zur Trinkhallen-Tür. Rupert hatte sie geöffnet. Jolante kreischte und heulte ohne Unterlass. Pinkas schaltete die Untertitelfunktion wieder aus. Echter Ton war wieder möglich und auch schöner.

»Rein, rein, rein, rein, rein!«, schrie Rupert.

Der Richter schleppte sich in die Trinkhalle und brach dort zusammen.

Es war sehr eng im Inneren der Trinkhalle. Vielleicht neun Quadratmeter? An allen drei Wänden standen Regale, die bis zur Decke reichten und mit Waren unterschiedlichster Art vollgestopft waren: Zigaretten, Bier, Wein, Sekt, Schnaps, Milch, Cola, Limo, Wasser, Eier, Mehl, Zucker, Konservendosen (Wiener Würstchen, Tomatensuppe, Ravioli, handgelegte Rindsrouladen, Mais, Gurken, Pfirsiche, Erdbeeren), Gesichtscreme, Seife, Duschgel, Scheuerpulver, Kaffee, Tee, Kakao, Schokolade, Kekse, Kuchen, Dauerlutscher, Süßkonfekt, Kaugummi, Tageszeitungen, Comicheftchen, Klatschblätter, Batterien, Ladekabel, Powerbanks, Gummibänder, Slipeinlagen, Tampons, Klopapier und … Kondome, nicht zu vergessen … *Perlgenoppt Natur* oder *Longpleasure mit Geschmack* (Himbeere oder Zitrone – Banane war leider aus).

Der Richter lag verkrümmt und wimmernd auf dem Boden, die Beine angezogen. Unter ihm breitete sich eine immer größer werdende Blutlache aus. Irgendwoher kam ein unregelmäßiges Zischen und keuchendes Pfeifen. Das verband sich mit Jolantes Geheule zu einer wirklich üblen Kakophonie.

»POLIZEI, schnell, ruf die Polizei, Krankenwagen!«, schrie Rupert. Jolante wühlte heulend und kreischend in ihrer Handtasche nach ihrem Smartphone. Rupert drehte sich ein paar Mal um sich selbst, ließ sich auf die Knie fallen und versuchte, den Kopf des Richters anzuheben. Er redete auf den Richter ein: »Hören Sie noch? Hallo? Geht's noch?« Dann sprang er auf, knallte an ein Regal.

Die handgelegten Rindsrouladen fielen herunter, auch ein paar Gurkengläser. Eines zerbarst und Gurkensaft vermischte sich mit Richterblut zu einer grünroten Sauce. Jolante hatte ihr Smartphone gefunden und versuchte, es zu entsperren. Das war nicht so einfach, wenn man unter Schock stand. Sie tippte immer wieder etwas auf das Display, aber es tat sich nichts.

Ein Herr namens Pinkas beobachtete das mit Wohlgefallen.

Ohne den geringsten Widerstand betrat er – natürlich immer noch leicht schlurfend – das menschenwürdige Innere der Trinkhalle.

Wie es sich gehörte, schloss er die Tür.

Noch baumelte Balmung lässig an hängender Hand. Blut tropfte von der feinen Zackenspitze. Gehen konnte man in der Trinkhalle nicht mehr. Der Richter bedeckte fast den ganzen Boden, links von ihm stapfte Rupert vor sich hin, wie ein Jogger im Winter an einer roten Ampel. Rechts vom Richter war die verheulte und hyperventilierende Jolante unablässig mit ihrem Telefon beschäftigt. Immer noch erfolglos. Gleich hinter der Tür stand Pinkas. Sein zu kleiner rechter Schuh stieß gegen das Knie des Richters.

Es war verdammt eng hier im Trinkhallen-Paradies.

Pinkas stupste Pinkas an. ›Die haben zu Dritt in der Trinkhalle nicht mehr Platz als wir Zwei hier.‹

›Gut beobachtet, Pinkas. Es kommt mir gar so vor, als sei es dort noch enger.‹

Das konnte Pinkas so nicht stehenlassen: ›Ist sicher nur eine optische Täuschung. Das liegt an den vollgestopften Regalen. Das wirkt erdrückend. Und auch dieser Lärm, den Jolante macht. Der fördert klaustrophobische Ängste.‹

›-*phobisch* bedeutet schon *ängstlich*. Ich würde eher formulieren: Das fördert Platzangst-Panik.‹

›Na, ob das so viel besser ist…?‹

Pinkas und Pinkas konzentrierten sich wieder auf das Leinwand-Geschehen.

Jolante hatte es inzwischen geschafft, ihr Telefon zu entsperren und tippte 1-1-0. Versuchte es zumindest.

›Jolante ist ziemlich durch den Wind, Pinkas. Für 1-1-0 muss man ein Telefon gar nicht entsperren. Stell dir vor, was passiert wäre, wenn sie das gewusst hätte.‹

›Hat sie vielleicht gewusst. Aber sie stand unter Schock. Da setzt Vieles aus. Da muss man Verständnis haben.‹

Pinkas zögerte keine Sekunde. *Balmung* schnellte hervor, durchstieß Jolantes Hand von unten nach oben. Das Smartphone schoss aus der blutigen Handfläche in die Höhe und fiel sodann in die Sauce aus Gurkensaft und Richterblut. Jolante war augenblicklich still. Totenstill, könnte man sagen. Das sagt man manchmal so, auch wenn niemand und nichts wirklich tot *ist*. Hier aber war das bald anders. *Balmung* verließ Jolantes Hand und machte sich auf zu ihrem Hals. Das dauerte zwei Sekunden. Danach wirkliche Totenstille. Jolante fiel zusammen. Das Zeitmikroscop war inzwischen zwar ausgeschaltet, aber Jolantes In-sich-Zusammensacken, dieses Verfalten ihres Körpers tat sich dar wie in der Wattebausch-Feenwelt eines Zeichentrickfilms: schmetterlingsartig.

›Sie faltet sich da zusammen wie ein gepunkteter Schmetterling, der auf einer zarten Blüte Platz nimmt‹, kommentierte Pinkas die Szene.

›Nein‹, entgegnete Pinkas scharf, ›da stürzt eine von dir kaltblütig abgestochene blutüberströmte Betreiberin einer Trinkhalle auf eine männliche Leiche, die auf dem Boden ebendieser Trinkhalle liegt. Diesen dort liegenden

Mann hast ebenfalls du abgestochen. So ist es richtiger beschrieben.‹

Auf der Leinwand ein Standbild. Jemand hatte den Film angehalten. Wenn das in früheren Zeiten, als in den Kinos noch Zelluloid-Filme von riesigen Rollen abgespult wurden, geschah, zeigten sich auf der Leinwand recht bald Brand- und Schmorflecken in der Bildmitte und an den Rändern und man wusste im Saal des Lichtspielhauses: Jetzt gibt's eine Zwangsunterbrechung. Die Kinotechnik hatte sich inzwischen aber deutlich verändert, man könnte auch sagen: verbessert. So etwas geschah nicht mehr. Jetzt waren Standbilder völlig ungefährlich und konnten lange Standzeiten standhaft überstehen.

Auf der Leinwand also ein Standbild. Was sah man?

Die Trinkhalle war ja in einem Filmstudio von Kulissenbauern hergestellt worden – und zwar in mehrfacher Ausführung, um möglichst unterschiedliche Kameraperspektiven zu ermöglichen. Das Standbild jetzt war von einer Kamera aufgenommen, die von schräg oben links diagonal nach unten in den Trinkhalleninnenraum hineinfilmte. In Halbtotale. Die Halbtotale hatte gegenüber der Totalen den Vorteil, die Enge mehr zu betonen.

Und die Angst.

Auf dem Standbild sah man: Im Hintergrund eine Regalwand, vollgepackt mit all den guten Waren. Hier und da gab es Leerräume. Da war etwas herausgefallen, Gurkengläser, zwei Packungen mit Kaffee und Filtertüten, Knusperflocken, Taschentücher. In der Mitte auf dem grün-rötlichen Trinkhallen-Boden lag ein Mann, zusammengekrümmt wie ein Hufeisen. Auf dem Mann lag bäuchlings eine Frau. In der Tat lag sie dort nicht wie ein Schmetterling, sondern eher wie eine lebensgroße Puppe, aus der mehr und mehr Luft entwich. Und Blut. Im Vordergrund, zur Kamera hin, stand Pinkas mit *Balmung*.

Balmungs zackige Spitze zeigte nach unten, rote Flüssigkeit tröpfelte ab. Auf der anderen Seite des *Berges der Toten* stand Rupert. Wie ein Zinnsoldat.

Der Film lief wieder an.

25

Rupert blickte auf Jolante.
Rupert blickte auf Pinkas.

Dann geschah Groteskes. Banalität und Grauen trafen aufeinander.

Rupert bestieg den Berg aus Richter und Jolante, um zu Pinkas zu gelangen. Auf dem Rücken von Jolante knickte er mit dem linken Fuß um, strauchelte und stürzte mit Brust und Bauch voran auf Pinkas zu. Der musste den rechten Unterarm mit *Balmung* in der Verlängerung nur um etwa 45 Grad heben. Rupert fiel von JO herunter … und in *Balmung* hinein. RU war nicht sehr schwer, aber es war für Pinkas doch nicht so einfach, mit nur einem Arm den erschlafften Körper zu halten. Beherzt zog er daher *Balmung* aus RU's Brust (Deppenapostroph) wieder heraus, was dazu führte, dass der inzwischen dahingeschiedene Trinkhallenbetreiber mit dem Kopf voran auf den Boden fiel. Seine Nase berührte den linken Ellbogen des Richters und seine Füße formierten sich zur Spitze des Berges. Sie ragten über dem Rücken von Jolante in die Höhe, fast wie ein Gipfelkreuz.

›Ich denke, Rupert hatte selbst Schuld.‹

›Vor Gericht wird dir das niemand glauben.‹

»Hallo, ist jemand da?« Inzwischen hatte das etwas verbummelte Mädchen mit Rucksack und Smartphone das *Trinkhallen-Paradies* erreicht. Es wollte sich für den langen Schultag etwas zu essen und zu trinken kaufen.

Die Tür war verschlossen. Sie bestand zum größten Teil zwar aus Glas, aber Jolante und Rupert hatten von innen Titelblätter von Zeitschriften auf das Glas geklebt, um anzuzeigen, welche Gazetten man bei ihnen erwerben konnte. Bislang.

In der Trinkhalle war es totenstill. Das Wort war inzwischen völlig angemessen und zutreffend. Nur Pinkas lebte noch. Aber sehr, sehr leise.

»Hallo, ist jemand da?« Das Mädchen schaute auf ihr Smartphone und checkte die Zeit.

»Hallo, ist jemand da?« Zum einen musste sie sich nun doch etwas sputen, wenn sie nicht zu spät zum Unterricht erscheinen wollte (und das wollte sie nicht), zum anderen pikste da was bei ihr. Das Schulklo bald zu erreichen, wäre auch nicht schlecht.

»Hallo, ist jemand da?«

»Hallo, ist jemand da?«

Die Tür ging auf. Weit auf. Sie blieb weit auf. Pinkas trat auf den Gehsteig.

»Ach«, sagte das Mädchen, »gut. Ich hätte gerne, schnell, eine Cola und ein Bröt…«

Sie hielt inne. Sie hatte in die Trinkhalle geblickt. Den Berg gesehen. Das viele Blut. Sie starrte Pinkas an. Starrte *Balmung* an. Sie zitterte nicht, sie schrie nicht, sie bewegte sich nicht. Die Welt löste sich auf, als ob jemand mit einem Radiergummi um sie herum alles wegradierte.

›Gleich werde ich auch wegradiert sein‹, dachte sie.

Aber sie wurde nicht wegradiert, nicht ausradiert. Pinkas schaute das Mädchen an und lächelte.

»Tja«, sagte er, »tja.« Dann ging er fort, schlurfend.

Es war Mittwoch Morgen, 6 Uhr 24.

Schwarzblende. ENDE.

ABSPANN

DAS TRINKHALLENGEMETZEL

Nach einer Idee von Pinkas

Regie: Pinkas

Pinkas: Pinkas

Pinkas' Stuntdouble: Pinkas

Richter: Richter

Jolante Zursonne: Jolante Zursonne

Rupert Siegreich: Rupert Siegreich

Special Effects: Pinkas

Kamera: Pinkas

Licht und Bauten: Outgesourced

Pinkas will return in *Pinkas' Train to Nowhere*

26

›Nicht übel, der Streifen‹.
›Und Pinkas ist auch nicht übel. Nicht *so* übel. Dem Mädchen hat er nichts getan, hat sie sogar angelächelt.‹

›Vier Menschen hast du umgebracht, totgestochen. Warum?‹

›Warum, warum, warum? Immer dieses *Warum*! Wer will das wissen?‹

›*Wir* wollen das vielleicht wissen?‹

›Ich nicht.‹

›Ich schon.‹

Niedrige Beweggründe. *Gründe*! *Abgründe*!

›Franzi hat nur noch genervt und gesoffen.‹

›Musste man sie deshalb abstechen? *DU* – musstest *DU* sie abstechen?‹

Müssen. Auch so ein Wort. *Müssen*. *Müssen*. War es *notwendig*? War es *zwingend*? War es *unvermeidlich*? War es *unumgänglich*?

Vielleicht war es *geboten*! ›Du sollst dein Eheweib töten, wenn es täglich mehr als eine Flasche Rotwein trinkt.‹

Bei dem Richter lag die Sache anders. Das war so etwas wie Notwehr gewesen. Bisschen verspätet schon, aber letztlich doch Notwehr. Manch einer würde es Rache nennen, aber nein, es war Notwehr, verknüpft mit einer Wiederherstellung des Rechtsfriedens.

»Der Angeklagte hat sich des Mordes zum Nachteil der Geschädigten Franziska H. schuldig gemacht. Er wird zu einer lebenslangen Freiheitsstrafe verurteilt. Die Kammer hat darüber hinaus die besondere Schwere der Schuld festgestellt. Eine Sicherungsverwahrung behält sich die Kammer vor. Eine entsprechende Prüfung kann frühestens nach 20 Jahren Strafhaft erfolgen.«

›Musste der Richter so auf mir rumhacken? Nun habe ich zurückgehackt. So einfach ist das. Notwehr.‹

›Ich denke nicht, dass das so einfach ist. Ich denke auch, du weißt das so gut wie ich. Und warum hast du Jolante und Rupert getötet? Die führten lediglich eine Trinkhalle. Oder besaßen sie vielleicht sogar. Hatten einen Kredit dafür aufgenommen. Hatten sich verschuldet. Wollten sich etwas aufbauen. Das hast du alles zerstört. Stimmt's?‹

›Schau dir das Mädchen an. Das habe ich nicht getötet. Sie hat mich machen lassen. Und wie du mir, so ich dir. Ich habe Prinzipien. Durchaus Prinzipien. Aber dieser Rupert … schreit rum. Und diese Jolante … heult, kreischt, will telefonieren. JO & RU haben den Rechtsfrieden erheblich gestört. Erheblich. Zudem war das mit RU auch eigentlich ein Unfall. Er ist vom Berg abgerutscht. Er war zu schlecht gesichert. Fahrlässig!‹

Stille. Wieder diese Stille wie kurz nach einem Ehekrach. Beleidigte Stille. Stille, aus der heraus sich freilich etwas entwickeln kann. Ein Versöhnungsfick. Oder auch ein neues Gemetzel.

Aber zunächst einmal: Der Film war zuende.

Licht ging im Kino freilich nicht an. Nicht in *diesem* Kino. Es blieb schummrig. Pinkas' Hintern schmerzte. Der Logenplatz war sein Geld nicht wert. So hart, so hart. Schweiß rann in kleinen Bächlein aus Pinkas' halblangen Haaren über seine Wangen und tropfte von dort auf seine Unterarme, die auf seinen Oberschenkeln ruhten. ›Dick‹ konnte man die Luft um ihn herum schon nicht mehr nennen, sie war zu einem Brei geworden, zu einer zähen, stinkenden Wackelpuddingmasse. Jede Bewegung schmerzte. Der Durst brannte überall in seinem Inneren. Zum Glück hatte er immer irgendwo einen Radiergummi. Den kramte er nun hervor und radierte *Kein Trinkwasser – Eau non potable – No drinking water* mit einem beherzten Handstreich aus. Ein heftiger Schmerz sauste durch seinen Arm. Aber der war es wert. Flugs auf den Wasserknopf gedrückt.

Nichts.

Noch einmal flugs auf den Wasserknopf gedrückt.

Nichts. Kein einziges nicht trinkbares Tröpfchen. Nicht ein einziges.

So litt denn der Mörder.

›Vielleicht ist es jetzt, nachdem du den Film hast genießen können, an der Zeit, unsere Situation neu zu bewerten. Ganz nüchtern. Auf Amtsdeutsch. Du weißt, das kann hilfreich sein.‹

›Hilfreich wobei? Der Film war wirklich gut. Wir könnten ihn noch einmal ansehen. Manchmal sieht man bei gelungenen Filmen erst beim zweiten und dritten Anschauen die feinen Details, die Regisseure, Beleuchter, Kameraleute, Requisiteure eingebaut haben.‹

›Willst du den Rest deines Lebens Filme schauen?‹

›Warum nicht? Und noch ein paar Filme drehen natürlich…‹

Draußen donnerte es wieder. Es knallte jedenfalls. Aber es regnete nicht. Mehr. Jedenfalls war kein Plätschern, kein Nieseln, kein Prasseln zu hören. Aber es knallte etwas. Schon wieder. Eben kam es von links, jetzt von rechts. Irgendwas rumpelte unter oder auf dem Boden der Tatsachen, sodass Pinkas' Füße leicht vibrierten.

›Na, der Zug wird wieder anfahren. Das wird es sein. Endlich!‹

›Ich glaube nicht. Das weißt du auch.‹

Das Rumpeln hielt noch eine Weile an. Und dann war es schlagartig ruhig. Totenstill.

Pinkas saß da auf dem beinharten Sitz eines Standard-WCs in einem dreieinhalb Quadratmeter-Standard-WC-Raum eines Fernzuges, ausgehungert, dem Verdursten nahe, stinkend.

Dann pochte etwas.

Diesmal pochte nichts in Pinkas drin, das hinauswollte. Diesmal pochte etwas draußen, das hineinwollte.

Diesmal pochte kein Blase- und Darm-Kommando, diesmal pochte ein Spezial-Einsatz-Kommando.

Und man weiß, was beide Kommandos gemein haben: Es wird so lange gepocht, bis das Ziel erreicht ist.

*

Zwei Tage später.

Vor dem Landgerichtsgebäude lagen Kränze und Blumensträuße, die allmählich verfaulten.

Die Trinkhalle war noch mit Absperrband der Polizei gesichert. Auch hier waren Blumen, Kränze und Friedhofskerzen abgelegt worden.

Der Waggon, in dem sich eine dramatische Festnahme vollzogen hatte, war vom Rest des Zuges abgetrennt und in einen Hangar gefahren worden. Dort wurde er noch immer kriminaltechnisch untersucht.

Eine Frau aus dem Team der Spurensicherung hatte während ihrer Mittagspause die Tageszeitung gelesen. Jetzt musste weitergearbeitet werden. Sie legte die Zeitung auf den Tisch, den Bahnmitarbeiter dem Polizeiteam zur Verfügung gestellt hatten.

Seite 3 war aufgeschlagen.

Vierfachmörder gefasst. Taktik der Polizei geht auf. SEK nimmt Pinkas H. fest. Der mutmaßliche Vierfachmörder Pinkas H. wurde am Donnerstag-Abend gegen 22 Uhr in einem Zug festgenommen. Nach bisherigen Erkenntnissen war Pinkas H. am Dienstag aus der JVA geflohen. Dort saß er bereits seit fünf Jahren wegen des Mordes an seiner Frau ein. Die Flucht gelang ihm durch eine – im Wortsinne – Verkettung merkwürdiger Umstände. Außerhalb der JVA wurde eines technischen Defekts wegen ein falscher Feueralarm ausgelöst. Durch diesen geriet der Führer eines Krans auf einer Baustelle neben dem Gefängnis in Panik. Er ließ völlig unüberlegt die Kette seines Auslegers in den Gefängnishof rasseln, bevor er Hals über Kopf sein Führerhäuschen räumte. Pinkas H. nutzte die Situation aus und kletterte an der Kette über die JVA-Mauer. Es gelang ihm, sich unentdeckt neu einzukleiden und an ein gefährliches Stich- und Sägewerkzeug zu kommen. Damit lauerte er am Mittwoch dem Richter am Landgericht Bodo K. auf, der ihn – im Namen des Volkes – vor fünf Jahren zu einer lebenslangen Haftstrafe verurteilt hatte. **Blutbad mit Stichsäge**. Am Kiosk mit dem Namen JoRu's Trinkhallen-Paradies, der von Jolante Z. und Rupert S. betrieben wurde, erstach Pinkas den Richter – wahrscheinlich aus Rache. Dieser versuchte noch, sich in den Kiosk zu retten, wo sich die beiden Betreiber in panischer Aufregung befanden. Pinkas H. tötete auch sie mit dem Sägewerkzeug. Ein Schulmädchen, das die Toten entdeckte und Pinkas H. von Angesicht zu Angesicht gegenüberstand, blieb unverletzt, steht aber nach wie vor unter einem schweren Schock. (Unsere Zeitung hatte darüber bereits berichtet, noch ohne zu wissen, dass der Ausbrecher Pinkas H. auch der – alleinige – Mörder von K., S. und Z. war.) **Fluchtweg führt zum Bahnhof**. Pinkas H. entfernte sich vom Tatort und ging in Richtung Hauptbahnhof. Das hatte das Mädchen noch aussagen können. Nachdem sich zunächst die Spur des Täters verloren hatte, konnte diese am späten Abend mit Hilfe von Mantrailer-Hunden wieder aufgenommen werden. Die Polizei vermutete, dass sich Pinkas H. mit einem Zug aus der Stadt absetzen wollte. Es gelang schließlich, mittels hoch fliegender Drohnen den Täter zu sichten. Ein Zugriff war indes noch nicht möglich. Aufgrund der nun bekannten ungeheueren Brutalität und Unberechenbarkeit des Täters musste man eine Situation abwarten, die eine Gefährdung Dritter ausschloss. Als deutlich wurde, dass sich Herr H. am Donnerstag Nachmittag in den Bahnhof begab, wurden eiligst die zu diesem Zeitpunkt auf Gleis 2 und 4 wartenden Züge evakuiert. Das ging schnell, weil es ein nur geringes Fahrgastaufkommen gab und sich die Reisenden sehr kooperativ verhielten. **Verdächtiger immer** *im Blick der Polizei*. *Von diesem Zeitpunkt an konnte man Pinkas H. jederzeit über die Kameras an den Bahnsteigen beobachten. So wusste man, dass er sich zu Gleis 4 begab und dort einen Zugwagen bestieg. Hier ging zunächst der Sichtkontakt verloren. Dieser konnte durch einen Beobachtungsposten eines inzwischen eingetroffenen SEKs wiederhergestellt werden. Der Beamte beobachtete mit einem Nachtsichtgerät aus einem angrenzenden Wald, wie Pinkas H. in die Mitte des Waggons ging, Platz nahm und aus dem Fenster schaute. Wenig später las er in einer Zeitung. In der Zwischenzeit hatte die Polizei ein Zugriffsszenario erarbeitet.* **SEK plante Zugriff minutiös – Videokamera auf Klo eingebaut**. *Man wollte den Zug mit Pinkas aus dem Bahnhofsbereich herausfahren und den Zugriff auf freier Strecke vornehmen, um Unbeteiligte auf jeden Fall zu schützen. Ein strategisch gwieftes Teammitglied des SEKs schlug vor, eine Kamera in eine der beiden Toiletten des Zugwagens einzubauen, um auch dann Sichtkontakt zu haben, wenn Pinkas H. einmal die Toilette aufsuchen müsste. Die Verletzung des höchstpersönlichen Lebensbereichs durch Bildaufnahmen wurde billigend in Kauf genommen. In Windeseile krochen Techniker unter den Wagen, bohrten ein kleines Loch in den Boden der Toilettenkabine und führten ein dünnes Kabel ein, an dessen Ende sich eine Weitwinkelkamera mit einer grünlich schimmernden Leuchtdiode und einem Mikrophon befand. Das Risiko, dass der als hochintelligent eingestufte Täter diese Finte bemerkte, musste man eingehen. Als wenig später der Täter tatsächlich die Toilette aufsuchte (er vermochte nur diese präparierte Kabine zu benutzen, weil man die Nachbarkabine bei der Evakuierung des Wagens bereits abgeschlossen und eilig mit einem* Nur für Personal-*Schild versehen hatte), konnte das SEK-Team live miterleben, dass die Finte nicht bemerkt wurde und der Täter augenscheinlich die Leuchtdiode als Notlicht inter-*

pretierte. Dem hatten die Spezialisten in Zusammenarbeit mit dem Bahnunternehmen auch dadurch Vorschub geleistet, dass man die Stromversorgung des Waggons weitgehend lahmgelegt hatte. **Einsatz neuer Technologien.** Da man sehen und hören konnte, was der Täter im Toilettenraum tat, war es möglich, eine technische SEK-Neuheit auszuprobieren. Es handelte sich um eine Art Blitzversiegelung von Türen. Wir dürfen über Details nicht berichten. Ein Beamter hat es uns laienhaft so erklärt: ›Sie müssen sich das wie ein flexibles Metallbrett vorstellen, das mit Superkleber vollgeschmiert ist und das man auf Türblatt und Rahmen drückt – und in Sekundenschnelle ist das alles hermetisch fest. Bombenfest.‹ Die Premiere hatte Erfolg, sodass Pinkas H. nun in der Klo-Falle saß. **Mörder schmort stundenlang auf WC und führt Selbstgespräche.** Warum es aber über drei Stunden dauerte, bis man ihn dort herausholte, muss noch näher aufgearbeitet werden. Augenscheinlich gab es Kommunikationsprobleme zwischen dem SEK, der örtlichen Polizei, dem Bahnunternehmen und dem Zugführer. Bereits nach dem ersten Stopp des Zuges hätte der Zugriff erfolgen können und müssen. Aber der Zug fuhr noch einmal an und hielt erneut erst mehrere Minuten später. Das SEK musste mit voller Ausrüstung dem Zug zu Fuß hinterherlaufen, geschätzte sieben Kilometer. Schließlich kam es dann aber zu einem glücklichen Ende. **SEK pocht mit schwerer Ramme**. Die zwar erschöpften, aber hochmotivierten SEK-Leute verschafften sich Zugang zum Waggon des zum zweiten Mal zum Stehen gekommenen Zuges. Mit einer schweren Ramme pochten sie gegen die versiegelte WC-Tür. Sie waren erstaunt, wie heftig gepocht werden musste. Die Super-Klebeversiegelung war noch stabiler als vom Hersteller angepriesen. Aber auch sie gab am Ende nach und die Beamten konnten in das kleine Räumchen vordringen und den entkräfteten und übrigens unbewaffneten Pinkas H. widerstandslos festnehmen. Er wirkte etwas desorientiert und verwirrt. Den schwer bewaffneten und geschützten SEK-Männern, darunter auch eine Frau, soll er zugeraunt haben: ›Ich danke Ihnen für diese Special Effects und die Stunts. Der Film wird gut werden.‹ Pinkas H. wurde sofort einem Haftrichter vorgeführt. Er befindet sich derzeit in einer JVA einer anderen Stadt. **Schwere Vorwürfe gegen das SEK**. Die Pflichtverteidigerin nimmt ihre Aufgabe sehr ernst und hat bereits angekündigt, das SEK wegen ›Grausamkeit im Amt‹ zu verklagen, was immer das juristisch sein mag. Dem GGD-TV-Sender sagte sie gestern: ›Der WC-Raum ist etwa dreieinhalb Quadratmeter groß. Mein Mandant hat fast vier Stunden darin zubringen müssen, ohne Licht, ohne Essen, ohne Trinken, ohne Klimatisierung. Er wurde bei der Verrichtung höchst intimer Handlungen gefilmt. Das ist Folter. Das verstößt gegen die Menschenwürde.‹ Unsere Zeitung hat dazu eine eigene Meinung und wird in den kommenden Tagen von den Hinterbliebenen des Richters und des Kioskbetreiberpärchens ausführlich berichten. Freuen Sie sich auch auf unsere Sonderseiten zum sicher bald schon beginnenden Prozess.

DER WIDERSTAND

1

Wieder ein neues Zuhause. Vielleicht besser: Wieder ein Zuhause. Ohne ›neu‹. Aber ein Zuhause. Gemütlich eingerichtet. Das konnte er mit Recht und Fug behaupten.

Nein. Das sagte man so nicht. Man sagte: ›Mit Fug und Recht‹. Umgekehrt. Umgedreht.

Zurück: Gemütliches Zuhause. Hier konnte er durchatmen, zur Ruhe kommen. Das war längst nicht immer gegeben. Bevor er in diesem Zuhause angekommen war, hatte er viele Wege hinter sich gelassen (lassen müssen?), er hatte an vielen Orten einmal eine kürzere, einmal eine längere Zeit zugebracht, war wieder aufgebrochen (zum Aufbruch gedrängt worden?), meist in hämmernder, gehetzter Hast. Selten hatte er die Zeit, sich einmal umzusehen, meist war die Devise: *Augen zu und durch.*

Ein bewegtes, man könnte auch sagen: brüskes Leben. Könnte man das tatsächlich sagen? Brüskes Leben? *Brüsk…* was für ein seltsam' Wörtchen…

Ob bewegt oder brüsk – es war in jedem Fall ein stürmisch-flottes Leben, ohne Hürden und Hindernisse. Bisher war das so gewesen. Aber nun? Irgendetwas hatte sich verändert. Umgestaltet. Nein, das war zu schwach: Etwas war grundlegend anders geworden. Und zwar recht plötzlich.

Aber was? Die Umgebung war es nicht. Die sah auch früher schon sehr ähnlich aus. Nachbarn links, Nachbarn rechts, mal auch nur links oder nur rechts, mal wohnte er ganz oben, mal ganz unten, mal in der Mitte. Mehrparteienhäuser eben. Als Reihenhaussiedlung angelegt. Nichts besonderes. In Gesellschaft war er eigentlich immer gewesen, nie wirklich allein. Ganz allein hatte man ihn nie gelassen. Man? Wer? Gute Frage: Wer hatte für seine Gesellschaft gesorgt? Er selbst doch nicht, oder? Hatte er sich seine Siedlungen, seine Wohnstraßen, seine Häuser, seine Wohn-Etagen selbst ausgesucht? Das war eine wirklich gute Frage, eine Frage, die er sich noch nie gestellt hatte. War es das, was sich da so urplötzlich als ein grundlegend Anderes bemerkbar machte? Fragen stellen? Sich über sich Fragen stellen?

›Vielleicht ist es die Ruhe jetzt‹, dachte er, ›die mir Zeit gibt, einmal Fragen zu stellen.‹ Aber gleich darauf dachte er auch: ›Ist es jetzt wirklich ruhiger oder bilde ich mir das nur ein? Und wenn es auch ruhiger sein mag – wird es so bleiben?‹

Sicher sein konnte er keineswegs, sein gemütliches Zuhause nicht wieder verlassen zu müssen, vielleicht schon ganz bald verlassen zu müssen. Das war nicht auszuschließen. So etwas hatte er schon oft erleben müssen. Wohnungsauflösungen. Zwangsräumungen. Hausabbrüche. Hochwasserschäden. Feuerkatastrophen. Neubauten. Renovierungen. Hatte es alles schon gegeben. Und er hatte es ohne Widerstand hingenommen.

›Das stimmt‹, dachte er, ›Widerstand habe ich nie geleistet.‹ Nach einer Weile des Nachdenkens ergänzte er diesen Gedanken: ›Meine Nachbarn aber auch nicht. Niemand hat Widerstand geleistet. Alle haben alles mit sich machen lassen. Niemand hat selbst Entscheidungen getroffen, niemand.‹

Er atmete tief durch und ließ die letzten Ereignisse noch einmal in Gedanken Revue passieren.

2

Ohne genaue Erinnerung an ein ›Vorher‹ hatte er sich unvermittelt in dieser neuen, nein, dieser *wieder einmal anderen Wohnung* eingefunden. Selbst hatte er sich nicht dorthin begeben. Man hatte ihn dorthin gebracht. Verfrachtet. Wie auch sonst immer. *Verfrachtet ...* was es nicht alles für Wörter gab! Man hatte ihn *verfrachtet.*

Erneut dieser ›Man‹! Wer?

Immer, wenn er in einer neuen, nein-nein-nein, in einer anderen Wohnung war, versuchte er, sich zu orientieren. Gab es Nachbarn oben, unten, links, rechts? Meist versuchte er es mit angestrengtem Horchen. Trampelte da etwas über ihm? Rumpelte da etwas unter ihm? Kratzte da etwas rechts von ihm? Schepperte da etwas links von ihm? Manchmal konnte man Antworten darauf geben, manchmal nicht oder kaum. Ganz offensichtlich, offen sichtlich, war, dass sich das Wohnhaus ziemlich schnell füllte. Das verursachte immer Geräusche. Die verbreiteten sich von unten nach oben, von links nach rechts, von oben nach links, von unten nach rechts und so weiter. Keine angenehme Sache, vor allem, wenn man ein wenig geräuschempfindlich war. Aber irgendwann wurde es ruhiger und ruhiger, der Lärm zog sich zurück, ging von dannen ... immer weiter nach rechts, immer weiter nach links, als ob er durch dicke Watteschichten hindurchschlüpfte, die, je weiter der Lärm sich entfernte, umso dicker zu werden schienen. Und irgendwann: Ruhe. Vielleicht hier und da noch ein kleines Knarzen, manchmal ein drolliges Jauchzen, auch schon einmal ein wehleidiges Stöhnen. Aber letzten Endes: Ruhe.

So war es früher gewesen, so war es durchaus auch jetzt. Es war ruhig, aber es war eine andere Art Ruhe. Von

Un-Ruhe zu sprechen, wäre zu kühn, aber so ganz falsch auch wieder nicht. Natürlich nicht in dem Sinne, dass irgendwo irgendetwas lärmte, rumpelte, trampelte, kratzte oder schepperte. So nicht. Eine solche Art von Un-Ruhe war es nicht. Es gab keine Geräusche und Bewegungen *um ihn herum,* sondern *in ihm drin.*

3

Ein besonders stattlicher Vertreter war er nicht. ›Strich in der Landschaft‹, könnte man eher sagen. Ein ›Schmalhans‹, ein ›Lulatsch‹.

Seine Nachbarn hatten ihn oft ›Bohnenstange‹ genannt, ›Spargeltarzan‹, ›Zahnstocher‹. Das waren keine üblen Beleidigungen. Das ließ sich wegstecken – eben wie einen Zahnstocher in einen Zahnstocher-Spender (möglichst vor Benutzung). Hatte er eigentlich seine Nachbarn mit vergleichbaren Kosenamen angesprochen? ›Moppel‹? ›Pummel‹? ›Dickerchen‹? ›Haken?‹ Oder ›Knirps‹? ›Wigwam‹? ›Zwille‹? Oder ›Schwafler‹? ›Dreizack‹? ›Streichholzbrücke‹? Oder ›Schlange‹?

Vielleicht, vielleicht auch nicht. So ein Spargeltarzan hielt sich eher zurück. Zu wenig Speck auf den Rippen. Ein Schlag – und *rumsdibums, schon liegt er nieder, sieht die Sonne niemals wieder.*

Das wollte er lieber vermeiden. Und so lag er nicht danieder, sondern hielt sich wacker aufrecht, er, *Zahnstocher* in Un-Ruhe, und schaute sich um. Nach rechts, nach links. Links von ihm war nichts. Nein, das war nicht ganz richtig. Da gab es schon etwas, linke Nachbarn (nicht linkische Nachbarn, das wäre unfair), aber weiter entfernt, in, wie man gerne sagt, gehörigem Abstand. Rechts von

ihm aber hatte es unmittelbare *Nachbarn*, ganz im Ur-
sinne dieses Wortes: *Nahebeiwohnende*, manchmal auch
ungehörig nahe Beiwohnende. Aber um solche Beiwoh-
nungen ging es hier nicht. Noch nicht jedenfalls.

Konzentration: Nachbar zur Rechten. Oft gesehen,
nie gesprochen.

»Wohnt der hier?«

»Kann sein.«

»Ein aufrechter Kerl?«

»Nee, kann man nicht sagen.«

»Hat er was angestellt?«

»Na, das auch wieder nicht.«

»Sie können also nichts beitragen? Uns nicht helfen?«

»Bisschen krumm, könnte man sagen. Verbogen. Er
verbiegt sich gern. Ja, so könnte man sagen.«

»Aber nicht gefährlich?«

»Nein, so verbogen, wie der ist, da kann man ja nichts
Schlimmes anstellen, oder?«

So hätte sich ein kleines Verhör, nein, eine kurze *Befragung* im Treppenhaus abspielen können. Treppenhaus, ja,
das stimmte – aber auf *einer* Parteienebene. Will meinen:
Befragung auf dem Treppenabsatz oder Treppenpodest,
von dem aus mehrere Wohnungen links und rechts ab-
gingen, manchmal noch untervermietet – in horizontaler
Orientierung. Nicht in vertikaler. An diesem Ort jedenfalls nicht.

»Also, noch einmal: Den *Verbogenen*, wie Sie ihn nennen, der hier rechts von Ihnen Wohnung genommen hat,
nun ja, den man hier einquartiert hat, kennen Sie nicht
näher?«

»Nein, nicht näher. Wir sehen uns durchaus öfter, treffen uns hier auf dem Absatz. Aber wissen Sie, was haben
wir kleinen Leute denn schon groß zu melden?«

Die Verhör-, nein: die Befragungsspezialisten sagten dazu nichts. Hatten sie nicht nötig. Sie zählten nicht zu den kleinen Leuten.

Solche Szenen hatten sich durchaus öfter auf dem Treppenabsatz abgespielt. Das kannte *Zahnstocher* gut. In Un-Ruhe war er deshalb nie geraten. Bislang nicht.

Jetzt aber schon.

4

*Z*ahnstocher klopfte beim *Verbogenen* an. Das machte man eigentlich nicht. Das gehörte sich eigentlich nicht. Oder? Ein merkwürdiger Ausdruck: etwas *gehört sich nicht*. Ob das etwas mit *hören* zu tun hat? Wahrscheinlich. Genauso, wie *gehorchen* etwas mit *horchen* zu tun hat und *horchen* wiederum mit *hören*. Und der Gehorsam *gehört* erst recht dazu.

»Vergiss die *Angehörigen* nicht, Zahnstocher.«

Der *Verbogene* konnte sprechen. Da schau her! Aber das war durchaus ein interessantes Thema. Eben war doch noch von einem ›gehörigen Abstand‹ die Rede gewesen, zwischen ihm, *Zahnstocher*, und den Nachbarn zur Linken. Was war ein ›gehöriger Abstand‹?

»Ein Abstand, wie er – oder es – *sich gehört*«, erklärte der *Verbogene* mit der Attitüde eines *Großen Aufklärers*.

Allerdings drehte man sich nun im Kreise und war zu *etwas gehört sich nicht* zurückgekehrt.

Zahnstocher: »*Gehört* es sich nicht, bei dir anzuklopfen, *Verbogener*?«

Verbogener: »*Gehören* wir denn zueinander? *Gehört* habe ich davon noch nie.«

Zahnstocher: »*Horch* doch einmal in dich hinein!«

Es war eine sonderbare Konversation, die da ihren Anfang nahm.

Na, *einen Anfang* nehmen – das war fast so eigenartig wie *etwas gehört sich nicht*.

Aber *Zahnstocher* sinnierte jetzt mehr über sein *ungehöriges* Anklopfen beim *Verbogenen* nach.

Zahnstocher: »Ein wenig Zuwendung *gehört* dir durchaus, *Verbogener*, das meine ich schon. Oft begegneten wir uns, richtig kennengelernt haben wir uns noch nicht.«

Dem musste der *Verbogene* zustimmen, wenn er sich auch nicht ganz sicher war, ob diese plötzlichen Avancen von *Zahnstocher* hierher *gehörten*. Was sollte daraus werden? Freilich war anzuerkennen, dass schon eine Portion Mut dazu *gehörte*, nach all den langen Zeiten ein Gespräch dieser Art zu beginnen. Und zum guten Ton gehörte durchaus, dass *Zahnstocher* beim *Verbogenen* *nachhörte*, ob das Anklopfen womöglich *ungehörig* sei.

»Diese Wortklaubereien sollten allerdings nun *aufhören*«, schlug der *Verbogene* vor. Kaum ausgesprochen, hatte er Angst und Sorge, womöglich eine neue Klauberei rund um *Klauberei* losgetreten zu haben.

Aber *Zahnstocher* blieb ruhig.

5

Dieses kurze Gespräch hatte letzten Endes beide, sowohl *Zahnstocher* als auch den *Verbogenen* überrascht. Denn in der Tat hatte man sich schon so oft gesehen: hier auf dem Treppenabsatz, in den Wohnungen links und rechts, in den untervermieteten Wohnungen rechts und links, in den Stockwerken oben und unten, in anderen Gebäuden links und rechts, in anderen Stadtteilen, in anderen Städten im Osten, im Westen, im Norden, im Süden und in anderen Ländern diesseits und jenseits von Flüssen und Gebirgen. Und immer hatte man sich brav aufgestellt: *Zahnstocher – Verbogener – Verbogener – Zahnstocher*. Einmal der eine links vom anderen, ein andermal der eine rechts vom anderen – oder der andere links vom einen, wie man will. Einerseits ganz einfach, andererseits für Nicht-Kenner doch wieder nicht ganz einfach. Nicht immer waren sie nur dieses eine Nachbarpärchen, in welcher Reihenfolge auch immer. Das hing von ›denen da oben‹ ab, wie *Zahnstocher* zu sagen pflegte. »Wir kleinen Leute haben da nicht groß was zu melden«, war stets sein Mantra gegenüber den Verhör-, nein: Befragungsspezialisten. Gewesen. Hausordnungen wie etwa ›*Nachbarn haben grundsätzlich nicht miteinander zu reden. Das gehört sich nicht*‹ wurden brav befolgt. Bisher. Bisher war man froh gewesen, Anweisungen zu folgen, Ordnungen einzuhalten, seinen Platz einzunehmen, eine Wohnstatt zu beziehen. Man war's zufrieden, sein *Auskommen zu haben*.

Sein *Auskommen haben* … nun, das ist doch einfach zu schön … *Auskommen*…

»Kommen wir miteinander aus, *Zahnstocher*?«

Oh, der *Verbogene* ergriff das Wort.

Zahnstocher: »Darum geht's nicht. Es geht darum, ob wir unser *Auskommen* haben. Anders gesagt: … ob wir ein *Einkommen* haben…«

Verbogener: »… das uns ausreicht. Verstehe schon.«

Zahnstocher und der *Verbogene* verstanden sich. Wer hätte das gedacht? Nach all den langen Zeiten! Früher waren sie einfach nur froh gewesen, ihr *Auskommen* zu haben und nun sprachen sie miteinander … und auch noch genau darüber … und *kamen* dabei *miteinander* aus. Wie sich Dinge verändern konnten! Wahre Zauberworte: *Veränderung, Abänderung, Umänderung … Ändern…* Was Sprache nicht alles zu bieten hatte!

»Heraus mit der *Sprache, Verbogener*! Oder verschlägt es dir jetzt selbige?« *Zahnstocher* trumpfte etwas überheblich auf. Wohin mochten diese geheimnisvollen Unruh-Kräfte in ihm noch hinführen? Ihn hinführen? Letztlich auch den *Verbogenen* hinführen?

»Nein, durchaus nicht. Ich möchte die Sprache auf etwas Anderes bringen. Auf meinen Nachbarn zur Rechten nämlich.« Der *Verbogene* sprach ruhig und ging auf das etwas verstörende Gepolter von *Zahnstocher* nicht weiter ein. Allerdings war er erstaunt, wahrscheinlich zum ersten Mal bemerkt zu haben, dass er einen Nachbarn auch zur Rechten hatte. Wenn er ganz ehrlich war, hatte er früher auch nicht bemerkt, dass da jemand links von ihm war, also jetzt gerade *Zahnstocher*. *Bemerkt* traf ins Schwarze. Früher trugen die Nachbarn wohl keine *Marken*, die man hätte *bemerken* können. Sie waren nicht *markiert* gewesen. Oder aber er, der *Verbogene*, war dermaßen verbogen gewesen, dass er die *Markierungen* einfach nicht hatte *bemerken* können. War er jetzt nicht mehr so stark verbogen? Schwer zu sagen – ohne Spiegel.

»Bin ich immer noch so verbogen wie früher, *Zahnstocher*, oder könnte man mich jetzt auch den *Weniger-verbogenen-Gebogenen* nennen?«

Man konnte es ja einmal so versuchen.

»Kann ich nicht sagen«, antwortete *Zahnstocher*, »ich habe früher nicht viel auf dich geachtet.«

Geachtet. Wieder ein ganz wunderbares Wort. Und es kam einfach so daher. Was meinte *Zahnstocher* wohl damit? Hatte er gemeint, dass er den *Ver-* oder *Gebogenen* nicht bemerkt hatte, so wie der *Ver-* oder *Gebogene* seinen Nachbarn zur Rechten nicht bemerkt hatte? Oder hatte er gemeint, dass er früher auf den *Verbogenen* nicht besonders *Acht gegeben* hatte? War dem *Verbogenen* denn etwas zugestoßen? Vielleicht war er weniger krumm geworden? Hatte man ihn vom *Ver-* zum *Gebogenen* entbogen? Schon klar, das Wort *entbiegen* gab's gar nicht. Das machte aber nichts. Es musste nicht immer alles beim Alten bleiben. Zauberwort: *Veränderung*! Oder hatte *Zahnstocher* gemeint, dass er dem *Verbogenen* früher nicht viel *Achtung* entgegengebracht hatte? Nein, Letzteres konnte eher nicht gemeint gewesen sein. Dann hätte *Zahnstocher* sagen müssen: ›… ich habe *dich* früher nicht viel *geachtet*.‹ Oder war gemeint, dass er den *Verbogenen* rechts liegen gelassen hatte (in selteneren Fällen auch links liegen gelassen hatte)? Na, wahrscheinlich war auch das nicht gemeint. Dann hätte es wohl heißen müssen: ›… ich habe dich früher nicht viel *beachtet*.‹

Beachtet – Geachtet. Was so ein unscheinbares Buchstäblein, so ein launiges Lautchen, ein bübisches *b*, ein gewieftes *g*, doch für gewaltige Unterschiede ausmachen konnten! Zauberworte: *scheiden … bescheiden … verscheiden … unterscheiden.*

Und, hoppla: *Ge-bogen – Ver-bogen* … zwei schmächtige Silblein nur, die machtvoll Glück vom Elend trennten. Oder Kunst von Handwerkerpfusch.

›Also brauche ich wohl doch einen Spiegel‹, dachte der früher *Sicher-Verbogene*, jetzt aber womöglich *Gelinde-Entbogene*. Aber da fand sich im Moment nichts Entsprechendes um ihn herum. Wo war eigentlich ›um ihn herum‹? Auf dem Treppenabsatz? In einer Wohnung. In einer Unterwohnung?

›Keine Ahnung! Aber ich will doch mal meinen rechten Nachbarn begrüßen‹, dachte der mutmaßlich *Gelinde-Entbogene* und kehrte zu seinen Gedanken von vorhin zurück.

6

Wie gesagt, gesehen hatte man sich schon früher und gar nicht so selten. Und es gab auch für diesen rechten Nachbarn nett gemeinte Spitznamen. ›Einsprossenleiter‹ zum Beispiel. Oder ›Turnreck‹. Oder ›Streichholzbrücke‹.

›Einsprossenleiter‹ gefiel dem – gönnen wir es ihm – *Gelinde-Entbogenen* am besten.

»Sei gegrüßt, *Einsprossenleiter*. Hier spricht dein Nachbar zur Linken. Früher nannte man mich den Verbogenen, bin jetzt aber wohl der Entbogene, zumindest der *Gelinde-Entbogene*.‹

Einsprossenleiter war breiter als Zahnstocher und *Ehemals-Verbogener* zusammen und deshalb auch deutlich schwerfälliger. Behäbiger. Oh, wieder so ein herrliches Wort. Aber wir wollen uns jetzt konzentrieren auf dieses Trio aus drei Nahebeiwohnenden.

Einsprossenleiter versuchte, sich ein wenig nach links zu drehen, aber da war nicht viel mit Drehen – wie bei Adipösen nur allzu oft. Wie bei Behäbigen. *Behäbig …*

»Für mich bleibst du der *Verbogene*. So wurdest du meist genannt. Was gibt's denn?«

Das war eine gute Frage. Was hatte sich da eigentlich entwickelt? *Zahnstocher – Verbogener – Einsprossenleiter.* Einstmals drei feine Individualisten. Und jetzt? Die drei Musketiere? Trio Infernal? Dreikäsehoch? Dreiecksbeziehung? Die Drei vom Treppenabsatz? Trilogie der Nichtsesshaften? Flotte Dreierbeiwohnung? Die Heilige Dreifaltigkeit?

»Ich hatte ein Gespräch mit Zahnstocher.« Mehr fiel dem *Gelinde-Entbogenen* zunächst nicht ein.

»Ja, und?«

»Wir hatten noch nie miteinander gesprochen.«

»Ja, und?«

»Auch wir könnten miteinander sprechen.«

»Zu welchem Behufe?«

Dass *Einsprossenleiter* sich so gedrechselt ausdrücken konnte, hätte der *Gelinde-Entbogene* nicht gedacht. Zu welchem *Behufe*… Na, aber da wusste er zu entgegnen:

»Behufs allgemeinen und auch besonderen Austauschs.«

Zahnstocher hatte diese seltsamen Anbahnungsversuche schweigend verfolgt. Behufs Weiterbetreibung derselben schaltete er sich von ganz links außen in das Gespräch – wenn man es denn so nennen mochte – ein.

»Behufs allgemeinen und auch besonderen Austauschs …«, setzte er ein, »das ist vollkommen richtig. Wir sollten uns zunächst im Allgemeinen treffen und später zum Besonderen übergehen … oder ins Besondere hineingehen…«

»Insbesondere, um was zu tun?«, fragte *Einsprossenleiter*.

Einsprossenleiter kam sogleich auf den Punkt. Redete nicht um den Brei herum, sondern Klartext und durchaus nicht wie ein Wasserfall. Sagte nichts durch die Blume. Sprach lieber ein Machtwort als in Rätseln. Das kam *Zahnstocher* entgegen wie ein Erdnusskrümel zwischen Vier-Sieben und Vier-Sechs. So hätte ein Zahnarzt abgerechnet.

»Wir sollten uns einmal genau betrachten«, hub *Zahnstocher* an und bevor *Einsprossenleiter* erneut die Ableitung vom verqueren Tu-Wort *beheben* (nicht *anheben*!, das tat ja gerade *Zahnstocher*) bemühen konnte – gemeint ist … Entschuldigung! … *Behuf* – bevor also *Einsprossenleiter* wieder den Behuf aus dem Huf, nein, aus dem Hut zaubern konnte, ergänzte *Zahnstocher* rasch: »… wir sollten uns in einem Spiegel betrachten. Wir alle drei. So, wie wir hier und jetzt nebeneinanderstehen. Nebeneinandergestellt wurden. So, wie wir das still über uns haben ergehen lassen. Ohne Widerstand zu leisten. Ohne auch nur ein Gedänklein an Veränderung zu verschwenden. Ohne … ohne … ohne …« *Zahnstocher* redete sich in Rage.

7

In einem Spiegel betrachten. Leichter gesagt als getan. »Steck dir das hinter den Spiegel«, meinte der *Gelinde-Entbogene* und war sich, kaum, dass er es ausgesprochen hatte, unsicher, ob seine Nachbarn diese Redensart überhaupt kannten.

Aber so unklug waren sie nicht. Zwar würde es nicht einfach sein, einen Spiegel aufzutreiben, aber die Lust war doch geweckt. *Zahnstocher* und *Einsprossenleiter* entgegneten im Chor: »Sprache, lieber *Verbogener*, ist der Spiegel der Seele. Was du sagst, sagt uns, wer du bist. Du hast kein Vertrauen, du traust *dich* nicht und du traust *dir* nicht.« Das traf den *Gelinde-Entbogenen* schon hart und er hatte den Eindruck, als habe die Zeit des *Entbiegens* ein Ende gefunden und sich wieder eine Periode des *Verbiegens* eingestellt. Wäre er allein gewesen, dann hätte er sich damit abgefunden und vielleicht sogar zur Selbstbestrafung noch ein Stückchen mehr verbogen als eigentlich vorgesehen. Vorgesehen von wem? Indes – er war nicht allein. Links ein Gefährte, rechts ein Gefährte. Altbekannt, jedoch nicht bewährt. Bislang nicht bewährt. Und warum nicht *bewährt*? Weil es bislang nichts gab, was sich als *wahr* zu erweisen hatte. Nein, das stimmte so nicht. Natürlich gab es immer, schon immer, etwas, was sich als zuverlässig, als geeignet und befähigt zu erweisen hatte. Als *wahr*. Nur war Typen wie *Zahnstocher*,

Verbogenem und *Einsprossenleiter* das völlig schnuppe gewesen. Bislang. Es war ihnen gleichgültig gewesen, einerlei, schnurzpiepe, egal. *Schnuppe* eben, keines Blickes und Gedankens würdig. Wertloser Dochtabfall, eine *Schnuppe*. Völlig *schnuppe*.

Allerdings hatte sich nun zauberwörtlich etwas verändert. *Änderung*! Um- und Verstellung. Vielleicht noch nicht so ganz beim *Gelinde-Entbogenen*, der sich schon fast wieder auf dem Amboss liegend wähnte und, wer weiß, das womöglich gar genoss. Aber die wuchtige Einsprossenleiter hatte sich vom quirligen *Zahnstocher* anstecken und mitreißen lassen. Jetzt galt es, Zauderer zu überzeugen. *Zahnstocher* und *Einsprossenleiter* rückten dem *Gelinde-Entbogenen* auf die Pelle und zwängten ihn – behutsam natürlich, man wusste um seine Traumata – zwischen sich ein. Auch beschlossen sie, seinen Namen zu ändern, zu *verändern*. Sie tauften ihn um in den *Malmehr-mal-weniger-Verbogenen*. Wie bei Taufzeremonien üblich, wurde er nicht gefragt, ob er mit diesem Namen einverstanden war.

Die Glorreichen Drei machten sich nun auf die Suche nach einem Spiegel.

8

Auf dem Treppenabsatz gab es nichts, was man als Spiegel hätte verwenden können. Auch gab es keine Fenster mit Glasscheiben, in denen man sich hin und wieder ja auch spiegeln konnte. Es schien der Trinitas Gloriosa so, als ob man mit gewisser Absicht jede denkbare Möglichkeit, sich im Treppenhaus zu spiegeln, zunichte gemacht hätte. ›Man‹. Schon wieder. Wer? Wer hatte das angeordnet? Wer sollte denn überhaupt ein Interesse daran haben, dass sich drei kümmerliche Gestalten wie *Zahnstocher*, *Einsprossenleiter* und *Mal-mehr-mal-weniger-Verbogener* nicht in einem Spiegel betrachten konnten? Und warum? Nun gut, Mitleid könnte ein Grund sein. Man (›man‹) wollte vielleicht vermeiden, dass die drei Haderlumpen einen Schock fürs Leben bekämen, würden sie sich einmal sehen. Ein fürsorglicher ›Man‹ wäre das, in der Tat.

Wirklich?

Das kann ›man‹ auch anders sehen. Fetten Kindern zum Beispiel jede Art von Spiegelmöglichkeit vorzuenthalten, führt eher dazu, dass sie weiterfressen als dass sie – zugegeben: zunächst von Weinkrämpfen geschüttelt – über Essen und Trinken nachdenken und vielleicht doch einmal mehr als 78 Schritte auf eigenen Füßen und Beinen zurücklegen. ›Skandal! Endlich bewiesen: Süßwaren- und Fastfood-Industrie vernichtet Milliarden von Spiegeln!‹ Noch hatte es das nicht wirklich gegeben, aber wer wollte es denn rundweg ausschließen? Die Welt war schon sehr verrückt … geworden.

Die Glorreichen Drei waren durchaus nicht auf den Kopf gefallen. Sie hatten Grips und Durchblick, waren helle Kerlchen und auf Zack, mit allen Hunden gehetzt, inzwischen nicht auf den Mund gefallen und … *sauber*, weil mit allen Wassern gewaschen.

Genau das sprach *Zahnstocher* jetzt aus: »Freunde, wir sind mit allen Wassern gewaschen!«

Einsprossenleiter zuckte bei dem Wort ›Freunde‹ ein wenig zusammen. Das war ein großes Wort. Ob *Zahnstocher* es mit Bedacht ausgesprochen hatte? *Mit Bedacht*! Hat etwas mit *denken* zu tun, mit *bedenken*, mit *Bedenken*. Konnten sie sich *bedenkenlos* schon ›Freunde‹ nennen? Hatte Zahnstocher darüber *nachgedacht*?

»Darf ich einmal zu *bedenken* geben, lieber ›Freund‹ und *Zahnstocher*, ob es nicht *bedenklich* ist, uns nach einer so kurzen Zeit des gegenseitigen Kennenlernens bereits ›Freunde‹ zu nennen?«

»Mein lieber ›Freund‹ und Kupferstecher«, entgegnete *Zahnstocher* in scherzhaftem Ton, um dem allzu philosophischen Vorpreschen von *Einsprossenleiter* etwas Einhalt zu gebieten … *Einhalt gebieten*! (Nein, jetzt nicht…!)

»Ein Freund, ein guter Freund …«, machte *Zahnstocher* singend weiter, um dann feierlich auszuführen: »*Freunde* sind die Familie, die wir selbst uns aussuchen. In der Not erkennt man den guten *Freund*. Mit einem *Freund* an der Seite ist kein Weg zu lang. Ja, sollte ich euch denn besser *Gefährten* nennen, *Genossen*, *Kumpel*, *Kumpane*? Nein! Ihr seid *Freunde*. Wir sind *Freunde*. Ich gebe zu: geworden.«

Eine Zeitlang herrschte Stille. Schweigen. Schweigen war auch eine Antwort. Schweigen war der beste Freund des Weisen. Nun, ob das immer so stimmte? Wer schweigt, stimmt zu. Ja, das stimmte schon eher.

Während *Einsprossenleiter* weiter schwieg, ergriff unvermutet der *Mal-mehr-mal-weniger-Verbogene* das Wort:

»Wer einen wahren Freund sieht, sieht das Abbild seiner selbst.«

Das saß! Das hätte man dem *Mal-mehr-mal-weniger-Verbogenen* nicht zugetraut. Solche Weisheiten uralter Zeiten. Und er setzte noch eins drauf:

»Freundschaft, das ist eine Seele in zwei Körpern.«

»Wir sind aber Drei«, empörte sich sogleich *Zahnstocher*, der *in Sorge* geraten war, die Kontrolle zu verlieren. Dabei hatte er doch *sorgsam* daran gearbeitet, aus drei Individualisten eine Freundschaftstrilogie erwachsen zu lassen. Er war es gewesen, der dafür *gesorgt* hatte, dass man allererst ins Gespräch kam, der gewisse *Vorsorge* getroffen hatte, um nicht … sprechen wir es ruhig aus … *entsorgt* zu werden. Er war es gewesen, der sich über *Fürsorge* Gedanken gemacht hatte – für den *Mal-mehr-mal-weniger-Verbogenen*, für *Einsprossenleiter* und für sich selbst. Und nun das! Der *Mal-mehr-mal-weniger-Verbogene* trumpfte mit Denkersprüchen auf. Ein *Verbogener*! Gut, ein *Mal-mehr-mal-weniger-Verbogener*, ja, aber trotzdem, so ging es doch nicht! *Zahnstocher* wurde zunehmend unruhig und ungeduldig. Irgendetwas brodelte in ihm. Kein kochendes Wasser und auch nicht der Volkszorn. Eher Wahnwitz und Tollheit. *Brodeln*…

Dann wieder Ruhe. Aber in der Ruhe lag bekanntlich auch Kraft. Die man gut brauchen konnte, wenn der Sturm kam, dem die Ruhe vorausging.

Stille.

Schließlich ergriff *Zahnstocher* erneut das Zepter: »Stille Wasser, ›Freunde‹, sind zwar tief, aber wir sind, es kam schon zur Sprache, mit allen Wassern gewaschen! *Wasser* … ist … die … Lösung, ›Freunde‹! Lasst uns ins kalte Wasser springen, auf dass es uns bis zum Halse stehe, aber nicht verschlucke!« Zahnstocher hüpfte aufgeregt auf seinem einen und einzigen Bein herum. Ein wenig verrückt sah das schon aus. Na, es sah nicht nur so aus. Ob seine ›Freunde‹ ihn verstanden hatten?

Einsprossenleiter augenscheinlich nicht. »Mir wird dieses Gerede öde.«

Zahnstocher griff die Ödnis dankbar auf und deklamierte mit einigem Pathos: »*Öde … Ode … Deo*. Dem Gotte ein eintönig’ Poem!« Soviel zu *Zahnstochers* Geisteszustand.

»Ich stellte schon einmal eine entscheidende Frage«, machte *Einsprossenleiter* unbeeindruckt weiter, »die Frage ›Zu welchem Behufe?‹ und bekam weder eine genügende noch hin- oder gar ausreichende Antwort. Wasser soll nun die Lösung sein? Oder eher die Losung? Könnte der Herr *Zahnstocher* sich vielleicht ein wenig verständlicher ausdrücken?«

Der *Mal-mehr-mal-weniger-Verbogene* nickte bekräftigend, was zu kurzzeitigen Biegungsverschlimmerungen führte.

Das focht *Zahnstocher* indes nicht an. Er schüttelte seine leichten Wahnanfälle mit einem energischen Zucken von sich ab oder aus sich heraus und setzte mit frischem Geist und Scharfsinn neu an.

»›Freunde‹, wohl werdet ihr euch daran erinnern, dass wir auf der Suche nach einem Spiegel waren und noch sind. In unserem Haus ist keiner. Augenscheinlich hat man alle verschrottet oder versteckt. Aber spiegeln kann man sich nicht nur in einem Spiegel, nicht nur in einer Fensterscheibe, nicht nur in einer blankpolierten Teekanne – sondern … auch … im … Wasser. Habe ich mich nun verständlich genug ausgedrückt?« Mit einem überheblich wirkenden Ganzkörper-Schlottern, das nach nervenärztlicher Behandlung schrie, schaute er *Einsprossenleiter* an und fügte spöttisch grinsend noch hinzu: »Behufs Spiegelung unserer Gruppe brachte ich das nasse Element ins Spiel.«

Zahnstocher war wieder voll da. Boss, Zampano, Macher. Draht- und Strippenzieher. Aber mehr und mehr mischten sich auch Züge eines irren Kaspers und wirren Clowns hinein.

Einerlei! Die drei Musketiere begaben sich auf die Suche nach Wasser. Wie in einer Wüste. Aber es ging nicht ums Durstlöschen. Es ging ums Spiegeln.

9

Sie brauchten gar nicht lange zu suchen. Es war zwar kein großes und schon gar kein tiefes Gewässer, aber eben doch Wasser auf einer nicht zu kleinen Fläche, die zudem weder ganz hell noch ganz dunkel war. Besser ging's kaum. Das diente hervorragend als Spiegel.

›Ein Spiegel für unseren Spargel‹, dachte der *Mal-mehr-mal-weniger-Verbogene*, sprach es aber nicht laut aus. Ein wenig stolz war er auf diesen Gedanken indes schon. Wie leicht man Dinge verändern konnte! Kinderspielchen waren das.

»Kompanie, Halt!«, befahl General *Zahnstocher*. Ja, *Veränderung*! Auch er war anders geworden, seltsam anders… Seine beiden Soldaten gehorchten aufs Wort, nicht zuletzt, weil die Suche nach Wasser glücklicherweise schon so bald beendet war. »In Glied und Reih!« *Zahnstocher* gefiel seine neue Rolle sehr. »Alle Mann leicht vorgebeugt!« *Einsprossenleiter* hatte durchaus Schwierigkeiten, diesen Befehl auszuführen – nicht nur, weil sie sich mit ›Alle Mann‹ kaum angesprochen fühlte. Mühe gab sie sich trotzdem. Ganz anders der *Mal-mehr-mal-weniger-Verbogene*, denn er war ja schon von Natur aus *gebeugt*, das klappte ratz-fatz.

So standen die drei glorreichen Nahebeiwohnenden am Wasserrande, gebeugt, so weit das Gleichgewicht es zuließ, und schauten auf die hell-dunkle, leicht glänzende Fläche. *Zahnstocher* links, *Einsprossenleiter* rechts, in der Mitte der *Mal-mehr-mal-weniger-Verbogene*.

Und nun sahen sie sich selbst zum ersten Mal. Aber ein jeder sah auch den, nun ja, ›Freund‹ und die ›Freundin‹ (wie leicht doch aus Mann Frau werden konnte!) rechts und links auf eine andere Art und Weise als bisher.

Denn die drei Einzelkämpfer hatten sich beigewohnt und zu einer Einheit formiert.

Andächtig schauten sie auf das Wasser. *Andächtig* … (Dafür ist jetzt keine Zeit!)

Auf der leise und leicht vor sich hinwellenden Oberfläche konnte jeder sich selbst, aber gleichzeitig auch seinen Nachbarn zur Linken und zur Rechten sehen und – mehr noch – das einträchtige … *einträchtig*! (nein, nein und nochmal nein!) … das einträchtige Nachbarschaftstrio bewundern.

Was sahen sie?

Sie sahen:

I C H

10

C H

Die Wasseroberfläche wellte hauchartig vor sich hin, sodass einmal *Zahnstocher*, dann *Einsprossenleiter*, dann wieder der *Mal-mehr-mal-weniger-Verbogene* in leichte Verzückung, nein, wohl eher: Verzuckung geriet. Oder Verzerrung. Letzterem machte das aus bekannten Gründen wenig aus, während es den beiden anderen doch gefährlich vorkam, obwohl sie nichts Übles spürten. Manchmal erwischten die winzigen Wogen auch die ganze Gruppe, sodass aus einem Nahebeiwohnen geradezu ein Aufeinanderwohnen wurde. An so ein Wasserspiegelbild musste man (oder ›Man‹?) sich allererst gewöhnen. Die drei ›Freunde‹ schauten auf I C H, schauten nach rechts, nach links, schauten wieder auf I C H. Das wiederholte sich einige Male. Keiner sagte etwas. Selbst

Zahnstocher hatte es die Sprache verschlagen, man sollte es kaum glauben.

Nach einer ganzen Weile aber kam neue Bewegung in die Wohngemeinschaft – und zwar nicht auf dem Wasser, sondern an Land. *Einsprossenleiter* verließ ihren Platz ganz rechts und begab sich nach ganz links. *Zahnstocher* beobachtete das misstrauisch, ließ es aber geschehen. Man konnte ja einmal abwarten, was passierte. Und es passierte etwas. Da gestaltete sich etwas um. Nahm andere Gestalt an.

Wieder ein Blick auf das Wasser.

H I C

Einsprossenleiter feixte vor sich hin, was der *Mal-mehr-mal-weniger-Verbogene* zum Anlass nahm, sich zwischen seine beiden ›Freunde‹ zur Linken zu quetschen. *Feixen* … meine Güte … aber nicht hier und jetzt.

H C I

Wenn schon, denn schon: *Einsprossenleiter* tauschte beherzt den Platz mit dem *Mal-mehr-mal-weniger-Verbogenen*.

C H I

Nun war auch *Zahnstocher* auf den Geschmack gekommen und machte es sich zwischen den anderen Nahebeiwohnenden gemütlich. Dabei kicherte er etwas gruselig vor sich hin.

C I H

Schließlich gab der *Mal-mehr-mal-weniger-Verbogene* die Spitzenposition auf und zog wieder in das Reihenendhaus zur Rechten ein.

I H C

Drei Individualisten und sechs Einheiten, wer hätte das gedacht? Aber was waren das für Einheiten? Wer stellte diese Wohnkomplexe zusammen? Besser gefragt: Wer hatte sie warum zu I C H zusammengestellt? Und was war bei den Reigentänzchen mit und von I C H geschehen?

Wie inzwischen bekannt, waren die Glorreichen Drei nicht auf den Kopf gefallen, sondern hatten Grips und Durchblick. Sie waren helle Kerlchen und ordentlich auf Zack.

»Fragen wollen Antworten«, sagte *Zahnstocher*. »Wir als ICH sind eine Selbstheit.«

Puh! Vielleicht war *Zahnstocher* doch auf den Kopf gefallen. Die anderen beiden kommentierten das philosophische Geschwurbel nicht, sondern machten sich Gedanken.

Über H I C. Das war … Latein … und stand für … ›Hier‹.

Und H C I? Schon schwieriger. Vielleicht eine Abkürzung? ›*H*uman *C*omputer *I*nteraction‹ würde gut passen. Passte auch gut. Sehr gut. Ganz hervorragend!

C H I war wieder einfach – und vor allem sehr, sehr alt. ›Chi‹, das war die Kraft des Lebens nach Meinung der alten *Chi*-Nesen.

»Was aber hat es mit C I H auf sich?« *Zahnstocher* winkte. Oder wankte er? So vieles lag so nah beieinander und war doch so weit voneinander entfernt.

»C I H ! Weiß das hier jemand?«

Zahnstocher fragte das nicht, um eine Antwort zu erhalten, sondern nur, um den beiden anderen ihre Beschränktheit vor Augen zu führen. Ja, so weit war es mit ihm schon gekommen! Doch da hatte er die Rechnung ohne *Einsprossenleiter* gemacht, die sich augenblicklich streckte und reckte, soweit es ihr möglich war, und wie aus der Pistole geschossen geradezu pathetisch deklarierte: »C, I und H vertreten *C*hen *I*ng-*H*au, einen bösen taiwanischen Programmierer, der ein übles Virus erschuf.«

Damit hatte *Zahnstocher* nicht gerechnet. ›So eine schlaue Füchsin‹, dachte er zerknirscht, ›so eine gewiefte Denkerin, das muss man – leider – sagen. So ein gewitztes Weib in diesem breiten Leib…‹ Für *Zahnstocher* kam es aber noch schlimmer, denn nun hub der *Mal-mehr-mal-weniger-Verbogene* zum alles in den Schatten stellenden Finale an. Er verbog, nein: verbeugte sich noch tiefer als jemals zuvor und verkündete die Botschaft der Botschaften:

»I H C, liebe ›Freunde‹, steht … für … Jesus – den bekannten Christus, manchmal zumindest. Lange Geschichte. Nicht unverworren.«

Das saß. Das war ein Schlag. Und zwar keiner ins Wasser. Allerdings wäre *Zahnstocher* nicht *Zahnstocher*, wenn er nicht an seiner Führungsrolle festhalten würde. Obwohl er zunehmend verworren, nein: verwirrt war. Mittlerweile. Mit dennoch wohlgesetzten Worten führte er geschickt die Geistesblitze zusammen und donnerte – mit leichtem Wahn in den Augen – heraus:

»Wir, liebe nahebeiwohnende ›Freunde‹, sind als I, C und H eine Selbstheit, die zu wundersamen Metamorphosen fähig ist, ja, die es vielleicht gar zu solchen Metamorphosen, Veränderungen, Verwandlungen, Umgestaltungen … wie ihr wollt, drängt. Wir wechseln uns aus und – schwups! – strahlen wir, also I C H immer wieder Neues, Anderes, Frisches, Fremdes aus. Einmal das ›Hier‹ der ehrwürdigen alten Römer. Dann wieder gehen wir I C H mit der Zeit und kümmern uns um Mensch und Technik. Doch ohne ›Lebenkraft‹, wie es die CHI-Nesen sehen, kann all das nicht gelingen. Und bleiben wir in jenem Raum der Welt: Wer befreit uns vom Teufelsvirus CIH? Ein kleines Sprünglein nur ist nötig … und aus dem Bösen erwächst … der Erlöser höchstselbst.«

Mit Recht und Fug … mit Fug und Recht konnte man sagen: Spiegeltest bestanden! ICH-Erkenntnis mit Bestand erlangt! Selbstheit auf Erfolgskurs! Wohlige Freude und Zufriedenheit durchströmten *Einsprossenleiter*,

Zahnstocher und den *Mal-mehr-mal-weniger-Verbogenen.* Sie tanzten, sprangen am Ufer herum, kreisten umeinander und wirbelten sich von einer in die andere Richtung. Mal waren sie HIC, mal CHI, mal IHC, mal ICH, mal HCI, mal CIH.

»Verdammt«, rief *Einsprossenleiter* ausgelassen und auch fast ein wenig wütend, »es muss noch mehr geben!« Wie wild sprang sie einmal hierhin, einmal dahin. Aber es ließ sich nichts Neues erschaffen.

»Nur wenn wir uns trennen, gibt es noch Anderes«, sagte *Zahnstocher* weise. »Aber wir wollen und werden uns nicht trennen, wir sind doch ›Freunde‹ … geworden.« Die letzten Worte klangen leicht wie eine Drohung.

Das hätte dennoch der Startschuss für eine kleine, feine Feierstunde sein können, aber dazu kam es nicht. Denn es geschah unvermutet etwas ganz Unheimliches. *Unvermutet* und *unheimlich* … (ja, jetzt nicht, es hält auf … verstanden!).

11

Als CHI standen sie unbekümmert am Ufer. Da sorgte eine gewaltige Kraft dafür, dass sie zu ICH umgereiht wurden. Diese Kraft kam nicht aus ihnen selbst. Keiner hatte sich bewegt. *Zahnstocher* war wie von einem Sturm ergriffen von ganz rechts nach ganz links gewirbelt worden. Das war beängstigend. Die drei ›Freunde‹ schauten sich an – verwirrt, ungläubig, verunsichert. Sie warteten ab. Weiter geschah aber nichts.

Nach einer Weile meldete sich *Einsprossenleiter* leise zu Wort. »Ich schleiche mich einmal ganz nach links. Mal sehen, was passiert.« Schnell wurde aus ICH HIC. Genauso schnell aber sorgte die geheimnisvolle Kraft dafür, dass *Einsprossenleiter* wieder ihren vorherigen Platz einnahm. Der *Mal-mehr-mal-weniger-Verbogene* versuchte es nun mit Jesus Christus und tauschte den Platz mit *Einsprossenleiter*. IHC. Auch der Gottessohn aber kam nicht gegen die dunklen Mächte an und wurde flugs zu ICH umgebaut.

Beängstigend. Wahrlich beängstigend. Wer oder was jonglierte da mit den drei ›Freunden‹? Musste man sich das gefallen lassen? Allen ging wohl Ähnliches im Kopf herum, aber niemand sagte etwas.

Dann wurde es dunkel. Auf einen Schlag. Auf einen Zuschlag.

Sollte man es noch einmal probieren? Jetzt, wo es finster war?

Ohne ein Wort zu sagen, stellten sie sich zu CIH auf und warteten. Nichts geschah. CIH blieb CIH. Warten. Und Warten. Und Warten. Keine Kraft von außen zu spüren. Wie war das zu erklären? Hatte es das früher schon gegeben? So ein Gezerre? So ein Geschiebe von außen? ›Von außen‹ – wo war das? Wer war das? Diese W-Fragen. Ganz früher hatte es die nicht gegeben. Aber als *Zahnstocher* dieses seltsame Gefühl einer Veränderung in sich gespürt hatte, dieses leicht wahnhafte Erahnen großer Selbstheit, wuchsen diese Fragen mehr oder weniger plötzlich und schnell heran – wo auch immer ihre Wurzeln zu vermuten waren. Über ›Man‹ hatten er und seine Nachbarn nun schon einige Male nachgedacht. Wer war das? Waren sie diesem ›Man‹ ausgeliefert? Konnte dieser ›Man‹ mit ihnen machen, was er wollte? Oder was *sie* wollte? Wer weiß? Musste man das geschehen lassen? Gab es Möglichkeiten aufzubegehren? *Aufbegehren*, ein herrliches Wort, aber nun war dafür nicht die rechte Zeit, es mangelte *HIC et nunc* an Muße. *Muße…*

Es blieb dunkel und CIH blieb CIH. Erstaunlich angesichts der erzwungenen und bedeutsamen Stellungswechsel zuvor. *Bedeutsam…* Ob nun auch IHC IHC bleiben würde? Sollte man es wagen? Sie versuchten es. Und wieder blieb die ›Man‹-Kraft aus. IHC blieb IHC wie CIH CIH geblieben war. Und wie es dunkel geblieben war. Das war einerseits erfreulich, andererseits führte es tatsächlich zu noch größerer Verunsicherung. Denn hätte die ›Man‹-Kraft wieder zugeschlagen, hätte man sich auf sie und eine gewisse Verlässlichkeit einstellen können. Es war natürlich nicht schön, ständig Schlägen und Schubsern ausgesetzt zu sein, aber wenn man wusste, dass auf *Ge-* stets *walt* folgte, konnte man sich darauf vorbereiten. Aber so? Mal Herumgeschubse, mal keines. Das kostete Nerven.

12

Aber ganz verloren sie die nicht. Das war vor allem General *Zahnstocher* zu verdanken. Er behielt sie, diese Nerven. Weitgehend zumindest. Mit Nerven kannte er sich aus. Mal hatte er welche, mal nicht. Er machte sich viele Gedanken – über Helligkeit und Dunkelheit, über ›Man‹-Kraft und keine ›Man‹-Kraft. Er rief zu Besonnenheit auf und sorgte dafür, dass die kleine, aber doch schlagkräftige Truppe bei Laune blieb. Er sondierte die Lage und mühte sich, Überblicke zu bekommen. Ihm war klar geworden, dass ›Man‹ der Feind war. ›Man‹ verfügte über gewaltige Kräfte, die ›Man‹ einsetzte, ohne dass *Einsprossenleiter*, der *Mal-mehr-mal-weniger-Verbogene* und *Zahnstocher* wussten, nach welchem Plan. Noch wussten sie es nicht. Aber der schlaue *Zahnstocher*-Fuchs hatte allmählich Ahnungen, dunkle und helle. *Ahnungen…*

Auch wenn es hell war, konnten sich die drei Musketiere zuweilen dem Einsatz der ›Man‹-Kraft widersetzen, aber das artete in durchaus heftige Scharmützel aus, die an die Substanz gingen. Dann hörten die Gefechte urplötzlich – immer aber im zuschlagartig Dunklen – auf und I – H – C vermochten sich aufzustellen, wie sie wollten, ohne dass ›Man‹ einschritt. *Zahnstocher* war als erstem diese Regelmäßigkeit aufgefallen. Zunächst behielt er seine Weisheit allerdings für sich.

Erkannt und verinnerlicht hatte aber das gesamte Trio, dass ›Man‹ sie einmal an diese, ein andermal an jene Stelle bugsierte, dann wieder an eine dritte und vierte und fünfte und so fort. Einmal erhielten sie diesen Nachbarn, ein andermal jenen. Und natürlich stand *Zahnstocher* nicht immer vor oder hinter *Einsprossenleiter* und dem *Malmehr-mal-weniger-Verbogenen*. Das geschah zwar oft und hatte womöglich die denkwürdige Nachbarschaftskonferenz sehr begünstigt, aber der Nachbarn waren mehr. Sechsundzwanzig insgesamt, um genau zu sein. Zumindest bestand die Gemeinschaft aus sechsundzwanzig Nahebeiwohnenden mit ins schier Unerschöpfliche reichenden Vervielfältigungen.

Viel-Falt…

Sechsundzwanzigfaltig traten sie jedenfalls in dem Großraum auf, den sie über die Zeiten hinweg besiedelt hatten. Den ›Man‹ besiedelt hatte, müsste man richtigerweise, fairerweise sagen. Aber war ›Man‹ denn fair? Wie auch immer. Außer dem aufgeklärten Trio mit Ahnungen gab es noch dreiundzwanzig andere Genossen. Nur dreiundzwanzig? Gab es da nicht noch drei mehr? *Hufeisen*, *Wigwam* und *Rettungsring* mit Pünktchen auf dem Kopf. Naja, die waren nie so recht anerkannt worden in der Nachbarschaft. Das waren spät von irgendwoher Zugezogene.

Wie es um das Selbstbewusstsein der dreiundzwanzig alten Nachbarn stand, war schwer zu sagen. *Zahnstocher* sah es als eine erste wichtige Aufgabe an, genau das herauszufinden. Aufklärungsarbeit. Spionage. Ein- und Unterwanderung. Sondierung. Dann aber auch: Aufklärung nach der Vorarbeit zur Aufklärung. *Aufklärung…*

Da musste natürlich auch manches *abgeklärt* und *klargestellt* werden. Und es war viel zu *erklären*. Denn, na *klar*, manch Nachbar war nicht gar so helle und *klar* im Oberstübchen wie *Zahnstocher*, während andere wiederum dermaßen *verklärt* vor sich hinlebten, dass sie kaum noch zu erreichen waren. Da war *Klartext* zu reden.

Zunächst aber machte Zahnstocher seine beiden ›Freunde‹ *klar*. Nein, er machte *ihnen klar*, dass ein gutes Stück Arbeit auf sie wartete.

Und schon ging es los. Nach und nach suchten sie die dreiundzwanzig Mitbewohner auf. Zuweilen suchten sie sie geradezu auch heim. *Wigwam* zeigte sich sogleich empfänglich für aufklärerische Gedanken, während *Zwille* eher abweisend reagierte. *Winkelstab* forderte zunächst Beweise ein, auf die *Regenschirm* ausdrücklich verzichtete. *Schlange* wiederum warf *Zahnstocher* Demagogie vor. Das versetzte *Rettungsring* in wütende Rotationen. *Schere* war wie immer gegen alles. Und *Dreizack* fiel durch Übereifer auf. So ging es munter … rauf und runter, könnte man reimen. Am Ende aber, nachdem *Blitz*, Letzter im Bunde der Nahebeiwohnenden, sich rasch für die gute Sache hatte begeistern lassen, war aus einem dreiköpfigen Aufklärungstrupp eine sechsundzwanzig – nun gut, keine Diskriminierung! – neunundzwanzig Zeichen starke Kompanie geworden.

Und die zog in den Krieg.

13

Es war ein Zermürbungskrieg, ein Guerillakrieg gegen ›Man‹. Aber ein Mordsspaß war es auch. Im Hellen kräftezehrend, im Dunklen ein Kinderspiel. Es machte wahnsinnig Spaß.

Das *H*aus wurde zur *M*aus. Der H*u*nd erst zur H*a*nd, dann zum *M*und. Der *T*isch zum *F*isch. Die W*o*lle zur W*e*lle mit *D*elle.

Es ging noch *d*oller auf dem *R*oller: Der *St*ern war im *K*ern dem *K*orn sehr *f*ern. Der *W*icht mit der *G*icht kam ohne *L*icht *n*icht in *S*icht, obwohl der *K*ern durchaus g*ern* im *St*ern war. Zu allem Übel gab es kein B*r*ot im B*oo*t, das an *L*and auf *S*and gegen die *W*and fuhr, die am *R*and zum *T*or vom *O*rt wurde.

Acht Kämpfer sangen siegesgewiss im Chor: »Keine *K*ette ohne *n*ette *W*ette. Pikst die *R*ose aus der *D*ose in der *H*ose? Die *M*aus mit der *L*aus muss *r*aus aus dem *H*aus. Statt viel *L*iebe gibt's nur *H*iebe und ein ganzes *F*ass voll *H*ass.«

Zahnstocher schaute und hörte sich das eine Zeitlang an. Dann aber ging es mit seiner väterlichen Geduld zu-ende. Kindische Spielereien waren durchaus nötig und auch gesund, aber das durfte nicht ewig so weitergehen. Dazu war die Lage zu ernst.

Er trat einen Schritt zurück und baute sich vor der Puppe auf. Puppe? Nein, vor der Truppe baute er sich auf. Meine Güte!

»Liebe ›Freunde‹ und Mitstreiter«, hub er an, »ihr seht, was alles möglich ist, wenn wir uns in Bewegung setzen und in Bewegung bleiben. Aber *W*olle-*R*olle oder *K*amm-*L*amm oder *W*ein-*B*ein, so etwas bringt uns letztlich nicht voran. Wahre Veränderung muss anders aussehen.«

Die Truppe, mit Ausnahme der hellen Kerlchen *Ein-sprossenleiter* und *Mal-mehr-mal-weniger-Verbogener*, grummelte, tuschelte, zischelte – unwirsch und bockig.

»Hört zu«, setzte *Zahnstocher* seine Aufklärungsarbeit fort, »passt auf. Nehmt dies: ›Eine Frau lebte mit ihrem Hund in einem Raum, wo in einem Aquarium ein Fisch schwamm.‹ Nun könnte der eine oder der andere von uns ein bisschen Sport machen, sich mit näheren oder weiteren Nachbarn Kämpfchen liefern – da schubst der eine den andern schon mal gerne aus der Reihe, man kennt das. Ergebnis: ›Eine Frau bebte mit ihrem Mund an einem Baum, wo in einem Aquarium ein Tisch schwamm.‹ Was sagt ihr dazu?«

»Bravo!«, applaudierte *Zwille*, »wahrlich nicht übel.« Ob *Zwille* das wirklich so meinte oder nicht genügend Ironiesignale ausgesendet hatte, musste offen bleiben.

»Doch, das *ist* übel«, widersprach *Zahnstocher*, »weil es Unsinn ist. Zwar nicht so schräg wie *mura – umar – baum – amur – raum – maru* und so weiter, aber letztlich Insunn, na, verstanden? … Unsinn. »Und nehmt auch dies«, ging es geradezu seherisch weiter, »für alle, die noch nicht ganz wach sind: *im onntut breignete puch fuf dur sandstrafe nin schpurer anfell nich der aun mura algekruckt enk oiq slu behrwahn besappen tip.*« *Zahnstocher* lachte laut, wenn auch mehr in sich hinein als die anderen an.

Wieder Getuschel und Gebrummel in der Truppe.

»Was soll das? Stuss, Blödsinn, dummes Zeug! Demagogie! Volksverhetzung«, ereiferte sich *Schlange*.

»Stuss, Blödsinn, dummes Zeug, ja, da stimme ich zu«, sagte *Zahnstocher*, »das andere will ich überhört haben. Wir können zwar nach Herzenslust herumhüpfen und Plätze tauschen, aber zu welchem Behufe? Es sind törichte Spielereien. Eine Zeitlang nett, nichts aber für die Ewigkeit.«

Erneut Getuschel, Gebrummel. Auch Gestöhne.

Eine Weile herrschte nachdenkliches Schweigen. Wie sollte es nun weitergehen? Was wollte *Zahnstocher* denn? Das fragten sich allmählich selbst die ›Freunde‹ *Einsprossenleiter* und *Mal-mehr-mal-weniger-Verbogener.*

14

»Liebe Kampfgenossen«, setzte *Zahnstocher* wieder ein, ich sehe Ratlosigkeit in euren Augen und kann es verstehen. Will daher versuchen, euch heranzuführen an das, was ich selbst, aber auch – mit gewissen Be- und Einschränkungen versteht sich – *Einsprossenleiter* und der *Mal-mehr-mal-weniger-Verbogene* an Erkenntnissen haben gewinnen können. Wir, liebe ›Freunde‹ – und nun bezeichne I C H einmal uns alle sechsundzwanzig oder, wenn's denn sein muss, neunundzwanzig so – sind in gewisser Weise der Grund der Welt, in der die ›Man‹-Mächte herrschen. Denn mit uns wird die Welt gebildet, abgebildet und festgehalten. Das musste endlich zur Sprache kommen und wir wollen es weiter zur Sprache bringen.«

Zahnstocher hustete leicht. Er schluckte und räusperte sich. *Räuspern* … wie herrlich!

»Aber ›Man‹ muss auch mit der Sprache herausrücken«, warf *Einsprossenleiter* selbstbewusst ein. *Zahnstocher* war sich etwas unsicher, ob er diese Wortmeldung als Einspruch, Widerspruch oder aber gar als Zuspruch auffassen sollte. Um nicht möglicherweise einen Streit vom Zaun zu brechen, unterließ er es, *Einsprossenleiter* darauf näher anzusprechen. Seine Ansprache an die Truppe nahm er allerdings wieder auf. Nun wurde es erneut etwas pathologisch.

»Unsere Macht ist groß, schier unendlich groß. Aus uns Sechsundzwanzig – ich lasse die drei später Zugezogenen aus guten Gründen jetzt einmal außen vor – kann die unvorstellbare Menge von 403.291.461.126.605.635.584.000.000 Kombinationen gebildet werden, in *Worten* – und nur die *zählen* ja für uns – vierhundertdrei Quadrillionen zweihunderteinundneunzig Trilliarden vierhunderteinundsechzig Trillionen einhundertsechsundzwanzig Billiarden sechshundertfünf Billionen sechshundertfünfunddreißig Milliarden fünfhundertvierundachtzig Millionen Kombinationen.«

Zahnstocher musste wieder hüsteln und – vor allem – sich räuspern. *Räuspern…*

»Einfacher gesagt: ›Fakultät 26‹«, zischelte *Schlange*, aber diese mathematische Köstlichkeit kam bei *Zahnstocher* zum Glück nicht an.

Allen anderen hatte es aber die Sprache verschlagen.

»Beruhigt euch!«, hauchte *Zahnstocher*. Mehr gaben seine Stimmbänder im Augenblick nicht her. »Beruhigt euch! Wir alle sind nicht mit Einfalt gestraft, hoffe ich zumindest. *Ein-Falt…* Euch scheint's die Sprache verschlagen zu haben. Vielleicht habe ich in Rätseln gesprochen, aber weder durch die Blume noch mit gespaltener Zunge. Habt keine Angst: Ihr müsst euch nicht quadrillionenfach auf-, ab- oder umstellen. Denn das meiste wäre in der Tat Stuss, Blödsinn, dummes Zeug … *Einfalt.* So hat selbst ›Man‹ uns nicht aufgestellt. Und so wollen wir uns auch nicht aufstellen. So sind wir nicht auf- und eingestellt.«

Einsprossenleiter und der *Mal-mehr-mal-weniger-Verbogene* beobachteten schon eine geraume Zeit die übrigen dreiundzwanzig – Entschuldigung! die übrigen sechsundzwanzig – strichigen – und, ja, Entschuldigung! auch bepunkteten – Weggefährten. Sie blickten in ratlose Gesichter.

»Du musst allmählich auf den Punkt kommen«, flüsterte *Einsprossenleiter* in *Zahnstochers* Ohr, wobei er sich mächtig recken und strecken musste. »Selbst ich weiß immer weniger, wohin deine, unsere Reise gehen soll. Und wenn selbst ich es nicht weiß…«

»Nun überschätz dich nicht«, zischelte *Zahnstocher* mit wirrem Blick zurück. Er räusperte sich noch einmal, streckte sich und wuchs geradezu über sich hinaus.

15

»Liebe Kampfgenossen…« Er hielt inne und wartete ab, bis die übrigen fünf-, nein achtundzwanzig Gefolgsleute etwas zur Ruhe gekommen und bereit waren zuzuhören.

»›Freunde‹, unsere Macht ist groß und wir können die Welt verändern, wenn wir es nur klug anstellen, uns umzustellen. Im Dunklen.«

Erneut dunkle Anspielungen, die kaum jemand verstand, daher musste *Zahnstocher* Aufklärungsarbeit leisten – wieder einmal.

»Warum im Dunklen? Eine gute Frage. Nun, *Einsprossenleiter*, der *Mal-mehr-mal-weniger-Verbogene* und ich hatten sonderbare Erlebnisse, als wir Drei unsere Stellungen einmal wie bei einem Wildwechsel wild wechselten. Einmal wurden wir machtvoll zu früherer Ordnung zurückgezwungen, ein andermal nicht. Seltsam, erschreckend und undurchsichtig. Aber wir – nun ja … *I C H* habe schließlich herausgefunden, dass des Rätsels Lösung im Hellen und Dunklen zu finden ist. Turnten wir im Hellen, wurden wir zurückgepfiffen, tauschten wir uns im Dunklen aus, geschah nichts. Nun ja, zumindest bis jetzt geschah nichts weiter.«

Wirklich verstanden hatte auch das wohl keiner, aber darauf wollte *Zahnstocher* nicht mehr Rücksicht nehmen. Er baute darauf, dass niemand Dummheit gerne zugab. Und in der Tat: Es blieb ruhig.

»Das ist unsere Chance, unsere Gelegenheit, die Welt zu verändern. Wir tauschen uns aus, bilden aus alten Nachbarschaften neue. Es muss aber mit Umsicht und Bedacht geschehen. Und in Düsternis. Was wir am Ende zurücklassen, muss Fuß und Hand haben. Sonst werden unsere dunklen Machenschaften zu rasch erkannt und ›Man‹ zwingt und zwängt uns womöglich zurück.«

Zahnstocher schaute etwas sorgenvoll in die Menge. Aber es gab keine Proteste, kein Gegrummel. Womöglich war es wirklich zu verworren und heikel geworden. *Zahnstocher* ließ sich aber nun ohnehin nicht mehr bremsen. Revolutionäre Blitze zuckten da in ihm. Sie verzückten auch. Betörten. Stachelten an bis zur Raserei.

»Wir verändern die Welt«, schrie er, »zum Besseren, indem wir uns in der Vergangenheit anders *auf*stellen und eine andere Vergangenheit *er*stellen. Mit Sinn, Verstand und Köpfchen, mit Klugheit und Besonnenheit, mit Einsicht und Weisheit. Wahlspruch: ›Den *Hund* zur *Hand*, die *Lust* zur *Last*, die *Schlacht* zur *Nacht*, wenn's die Welt denn besser macht.‹«

Zahnstocher brauchte erneut eine Räusperpause. Dann ging es mit Elan weiter.

»Das Hell-Dunkel-Geheimnis«, setzte er neu an, »hat damit zu tun, wie ›Man‹ arbeitet, wenn ›Man‹ uns aufreiht. ›Man‹ braucht dafür Licht. Wenn ›Man‹ mit unsereiner Reihung zufrieden ist, geht das Licht aus, es wird dunkel – *um* uns, vielleicht auch *in* uns. Was genau da geschieht, habe I C H noch nicht herausgefunden, ist aber nur eine Frage der Zeit. Das Hell-Dunkel-Geheimnis hat jedenfalls zu tun mit Vergangenheit und Gegenwart. Wisst ihr, was ›Vergangenheit‹ ist?«

Zahnstocher blickte fragend-aufmunternd, aber auch entrückt in die Runde. Niemand wagte, eine Antwort zu geben. Und also setzte er pädagogisch wertvoll fort:

»›Vergangenheit‹ ist, wenn Dunkel uns umgibt, ›Gegenwart‹, wenn ›Man‹ uns aufstellt … oder … Licht ins Dunkel kommt.«

»Das versteht niemand, *Zahnstocher*«, sagte *Einsprossenleiter*. Aber *Zahnstocher* hörte nicht mehr auf seine Beraterin.

»Wollen wir die Welt verändern, müssen wir ihre Vergangenheiten ändern, so, wie sie jetzt im Dunkeln liegen. Stoßen wir in die finsteren Zeiten vor, auch wenn wir zunächst im Dunkeln tappen! Und dann – im Dunkeln ist gut munkeln, Kollegen – tauschen wir uns aus. Bringt ›Man‹ dann Licht ins Dunkel, ist die Vergangenheit schon verändert und die Gegenwart gleich mit.«

Andächtige Stille. Doch nach einer Weile wurde sie von *Zwille* durchbrochen. »Und wonach genau, bitteschön, sollen wir im Dunkeln tappen? Wann sollen wir umherspringen und uns wechseln und verwechseln? Und wann nicht?«

Auf eine solche Frage war *Zahnstocher* bestens vorbereitet. Inzwischen bestens vorbereitet.

»I C H will dir ein Beispiel geben, *Zwille*. Deine Frage bohrt noch in manch anderem, denke ich. Nimm dies: ›heiße magister, heiße doctor gar und ziehe schon an die zehen jahr herauf herab und quer und krumm meine schüler an der nase herum und sehe daß wir nichts wissen können das will mir schier das herz verbrennen.‹ Hier stehen keine Spielerwechsel an. Leuchtet ein, oder?«

Oh, jetzt gab es doch wieder Gegrummel. Und Gescharre. Nicht zu knapp.

»So schlechte Verse!«, rief jemand. Vielleicht war es *Schere*. »Denen sollen wir nicht zum Besseren verhelfen? So einfach wäre es doch: … ›und sehe daß wir *gar nichts kennen* das will mir schier das herz verbrennen.‹ *Das* ist ein sauberer Reim! Nicht ›können … verbrennen‹! So was Schmutziges!«

Zahnstocher holte tief Luft und entließ sie mit kräftigem Prusten. Er drehte wie irre sein längliches Haupt hin und her und her und hin.

»Es geht nicht um weichgewaschene Reime, liebe Nächsten, es geht um das Edle, Hilfreiche und Gute. Um das Bessere.«

Gescharre. Gegrummel.

Zahnstocher griff noch tiefer in die Bildungskiste. Unklar, was er damit bezwecken wollte. »Es leuchtet die sonne über bös' und gute und dem verbrecher glänzen wie dem besten der mond und die sterne.«

Nun wagte sich der *Mal-mehr-mal-weniger-Verbogene* vor. »Darf ich eine Frage stellen? Wir – I C H – haben gelernt, dass I C H wir über Macht verfügen und dass wir I C H Widerstand zu leisten vermögen, besonders langlebigen dann, wenn es dunkel ist. Und du, lieber, großer, edler An- und Wortführer, hast uns gezeigt, wie I C H wir geschickt die Vergangenheit der Welt verändern können. Aber wer entscheidet, wo wir unsere Spielchen spielen, zum Beispiel *Mensch-ärgere-dich-nicht,* und diesen und jenen Kollegen rauswerfen? Oder *Bäumchen-wechsel-dich*? Wo und wann hat ›Man‹ uns falsch aufgestellt? Stets mit böser Absicht? Und überhaupt: Könnte es nicht gefährlich sein, die Vergangenheit zu verändern?«

Zahnstocher schüttelte sich einmal von oben nach unten durch und holte zu einer Antwort aus. Ob es wirklich eine Antwort auf die gerade gestellte Frage vom *Mal-mehr-mal-weniger-Verbogenen* war, durfte allerdings zu Recht bezweifelt werden. *Zahnstocher* verlor sich mehr und mehr in einer eigenen Welt aus I C H und Selbstheit.

»Nur I C H vermag das unmögliche I C H unterscheide wähle und richte I C H kann dem augenblick dauer verleihen I C H allein darf den guten lohnen den bösen strafen heilen und retten alles irrende schweifende nützlich verbinden«

Der *Mal-mehr-mal-weniger-Verbogene* trat unwillkürlich einen Schritt zurück. Es sah aus, als ob er in Deckung ginge. Angst hätte, zum *Völlig-Verbogenen* zu werden. Denn *Zahnstocher* war augen- und ohrenscheinlich etwas schwer berechenbar – geworden. Es konnte einem schon Angst und Bange werden. Aber *Zahnstocher* tat nichts weiter, trat weder angriffslustig auf den *Mal-mehr-mal-weniger-Verbogenen* zu noch ein. Er stand einfach nur da. Ein Schlaks. Langer Laban. Lulatsch. Bohnenstange. Spiegelspargel.

Er brummelte weiter mehr vor sich hin als zu den anderen. »nach ewigen ehrnen großen gesetzen müssen wir alle unseres daseins kreise vollenden.«

Nach einer Weile weiteren Gebrummels – »unermüdet schaff' I C H das nützliche rechte bin uns ein vorbild« drehte sich *Zahnstocher* um und schritt von dannen. Weiter und weiter. Er wurde kleiner und kleiner. Und dunkler und dunkler. Schließlich war er in einer fernen Finsternis verschwunden.

16

Der General hatte sich in der Dunkelheit oder gar in Dunkelheit aufgelöst. Seine beiden Majore und die sechsundzwanzig Soldaten schauten staunend und ungläubig in die Richtung, in die er verschwunden war. War er desertiert? Hatte er kapituliert? Das Schlachtfeld geräumt? Oder sich nur vom Acker gemacht?

Nun waren sie führungslos. Aber auch ideenlos? Ahnungslos? Auch wenn der große *Zahnstocher* nicht mehr da war, es keine klugen, gewitzten, weisen, nun ja: auch irren und wahnhaften Ansprachen mehr gab – so gab es aber doch noch den *Mal-mehr-mal-weniger-Verbogenen* C, die *Einsprossenleiter* H und sechsundzwanzig andere.

C und H, diese zu einem Drittel amputierte Selbstheit, schauten sich an. Hatte *Zahnstocher* ihnen ein Vermächtnis hinterlassen? Gab es ein Erbe, das sie anzutreten hatten? Waren sie auserwählt, *Zahnstochers* Visionen zu verfolgen und für seine hehren Ziele zu streiten? Sie schritten nebeneinander her, eine Strecke hin, eine Strecke zurück, auf und ab vor der kleinen Kompanie, als würden sie eine Parade abnehmen. Während dieser Leibesübung unterhielten sie sich.

»Die finsteren Vergangenheiten verändern«, sagte der *Mal-mehr-mal-weniger-Verbogene*, »sollten wir dort weitermachen, wo der *Große Zahnstocher* aufgehört hat?«

»… beziehungsweise wo er gescheitert ist«, gab *Einsprossenleiter* zu bedenken.

»*Scheitern*, ein großes Wort«, sinnierte der *Mal-mehrmal-weniger-Verbogene*, der mit dem Scheitern so seine Erfahrungen hatte. Fehlschlag, Bruchlandung. Scheitern auf dem Haufen. Krumm und schief, verbogen.

»Vielleicht ist er nicht gescheitert, sondern verzweifelt. An uns. Weil er an uns gezweifelt hat. Über jeden Zweifel waren wir sicher nicht erhaben. Und sind es vielleicht immer noch nicht. *Zweifel* … ein großes Wort auch das.«

»So kommen wir nicht weiter, lieber ›Freund‹«, sagte *Einsprossenleiter* so einfühlsam wie möglich. »Wir könnten doch einmal versuchen … *versuchen*…, Vergangenheit umzutauschen, einzutauschen, auszutauschen. Ein Versuch ist es doch allemal wert, oder?«

»Womöglich wollte uns *Zahnstocher*, der *Große Zahnstocher*, aber nur in Versuchung führen und nun ist er einfach verschwunden, hat sich aus dem Staub gemacht, das Weite gesucht. Ein böser Versucher war er vielleicht. Feind des I H C…«

»Wie soll er denn – selbst Teil von I H C – des Teufels gewesen sein?«, rügte *Einsprossenleiter* etwas entrüstet.

»Weil er nur zu gut wusste, wie er sich in was oder wen wandeln konnte. Ändern konnte. Tauschen konnte. Denk an unsere tollen Tänze am Ufer des wellenden Wassers.« Damit hatte der *Mal-mehr-mal-weniger-Verbogene* ohne Zweifel oder zweifellos Recht und *Einsprossenleiter* musste beipflichten. *Beipflichten*… (nein, auch das jetzt nicht, nicht jetzt!).

Sie nahmen weiter die Parade ab, schritten hin, schritten her, ostwärts, westwärts, westwärts, ostwärts. Sie redeten aufeinander ein, einmal erregt und laut, dann wieder tuschelnd und geradezu verschwörerisch. Die kleine Kompanie verfolgte das Major-Duo still und ehrfurchtsvoll. Und erwartungsvoll. Aber auch sorgenvoll. Welche Befehle würden kommen? Würden überhaupt welche kommen? Wären sie froh über Befehle? Oder wären sie glücklicher, wenn die Majore dem Beispiel – *Beispiel* … so ein verrücktes Wort, aber ja, nicht jetzt! – wenn die Majore also dem Beispiel von *Zahnstocher*, dem *Großen*

Zahnstocher, folgten und ganz *beispielerisch* von der Bildfläche verschwänden? Um sich vielleicht beizuwohnen, wer weiß? Aber das würde niemand laut sagen, versteht sich. Eine eindeutige Antwort auf all diese Fragen konnte keiner der Soldaten frohen Herzens geben. Also warteten sie einfach ab. Ehrfurchtsvoll, erwartungsvoll, sorgenvoll. Und auch umgekehrt.

Die Majore marschierten auf und ab, hin und her, grübelten, redeten, stritten, lachten, gestikulierten (soweit es ihre Statur zuließ) und bauten sich schließlich vor der erwartungs-, ehrfurchts- und sorgenvoll wartenden Kompanie auf.

»›Freunde‹«, begann *Einsprossenleiter*, »wir haben eine Entscheidung getroffen. Wir wollen *Zahnstochers*, des *Großen Zahnstochers*, Ideen, so ver- und entrückt sie gewesen sein mögen, weiterverfolgen. Es ist einen Versuch wert. Lasst uns die Welt besser machen! Verändern wir, was ›Man‹ über sie sagt und gesagt hat. Wie *Zahnstocher*, der *Große Zahnstocher*, völlig zu Recht anmahnte, geht es nicht um ungewaschene Reime und auch nicht darum, ob die Sonne oder die Nonne strahlt.«

Einsprossenleiter legte eine kleine rhetorisch kalkulierte Pause ein und fuhr dann fort.

»Es geht vielmehr darum, aus *Krieg Frieden* zu machen, aus *Hass Liebe*, aus *Böse Gut*, aus *Trauer Freude*, aus *Verzweiflung Hoffnung*, aus *Schwäche Stärke*, aus *Feind Freund*, aus *Angst Mut*, aus *Zwietracht Eintracht*, aus *Lüge Wahrheit*, aus *Schande Ehre*, aus *Tod Leben*…«

Einsprossenleiter ging etwas die Luft aus und der *Mal-mehr-mal-weniger-Verbogene* übernahm.

»›Freunde‹, lasst uns hineinmarschieren in die düsteren Welten der Vergangenheit. Im Schutze der Dunkelheit vollbringen wir Gewaltiges. Wenn es auf einen Aufschlag wieder hell wird, ist die Welt eine bessere und wird es bleiben. ›Man‹ wird die Welt anders lesen und schreiben. Müssen.«

Einsprossenleiter und der *Mal-mehr-mal-weniger-Verbogene* schauten sich an und drehten sich um. Sie bedeuteten der Kompanie, ihnen zu folgen. Die sechsundzwanzig Streiter für das Gute rührten sich und schritten ehrfurchts-, erwartungs- und sorgenvoll hinter den neuen Wort- und Anführern her. Ob wirklich alle verstanden hatten, was getan werden sollte? Zweifel waren angebracht. Es war ein Marsch der amputierten Selbstheit mit einer zwar machtvollen, aber nicht unbedingt überall mit Gewitztheit gesegneten Truppe. Es würde alles auf die Wortführer ankommen. Denn Worte waren Sprache und Sprache war das Werkzeug des Geistes. Des Weltgeistes. Wahrscheinlich hätte *Zahnstocher*, der *Große Zahnstocher*, es besser ausgedrückt. Aber nun musste man ohne ihn, allerdings miteinander auskommen.

Die Widerstandsgruppe trottete los. Keineswegs gleichen Schrittes. Ungelerntes Paramilitär eben. Partisanen. Sie wurden kleiner und kleiner, dunkler und dunkler, lösten sich aber nicht auf wie der – *Große* – *Zahnstocher*. Aber hatte er sich wirklich aufgelöst? Im Dunkeln in Dunkelheit aufgelöst? Ging das überhaupt? Jedenfalls wurden die Partisanen deshalb dunkler und dunkler, weil sie in dunkle Zeiten vorstießen, in die Welt des verdüsterten Früher eindrangen, wo – vielen Behauptungen zum Trotz – doch nicht alles besser gewesen war. Hatte jedenfalls *Zahnstocher*, der *Große Zahnstocher*, der weise Trotzer, gesagt. Wer wollte das bezweifeln?

»Verteilt euch«, flüsterte *Einsprossenleiter* und schaute sich etwas ängstlich um. Es durfte jetzt nicht aufschlagartig hell werden. Jetzt bitte nicht.

»Und nun frisch ans Werk. Ich zeig's euch noch ein letztes Mal am Beispiel – *Beispiel* ! – ›SCHWÄCHE‹ wird zu *STÄRKE*‹. Du, *Schlange*, kannst einfach bleiben, wo und wie du bist, ruh dich aus. Der *Verbogene* wird rausgeworfen, kann ich gerne übernehmen.«

Der *Mal-mehr-mal-weniger-Verbogene* zuckte etwas bei diesen Worten, aber als Wortführer durfte man keine Angst zeigen. Er hielt sich also wacker aufrecht und schwieg, zumal es nun ja auch *Einsprossenleiter* selbst traf.

»Ich muss auch weg. Das kannst ja dann du übernehmen«, sagte *Einsprossenleiter* und so war wieder Gerechtigkeit hergestellt. »Du, *Hammer*, verdrängst *Doppelhaken*. *Pünktchenwigwam* bleibt an Ort und Stelle. *Haken* und *Astgabel* liquidieren erneut uns Wortführer, während *Regal* am Ende stehenbleiben kann. Soweit alles verstanden?«

Eine Antwort war nicht zu hören, dafür Geraune, Gegrummel, auch Gestöhne. Welche gewaltigen Anstrengungen lagen da vor ihnen! So, wie es *Einsprossenleiter* vorgetragen hatte, klang es wie ein Klacks, als wäre es das reinste Zuckerschlecken, ein Kinderspiel mit Pappenstil. Aber das war bloß geschickte Rhetorik. So dumm waren die Partisanen auch wieder nicht. Etwa eine halbe Million Wörter gab es wohl, wahrscheinlich mehr, das war schwer zu sagen. Soweit hatten sie sich aufgeklärt. Die meisten Wörter waren unbedenklich – oh, *unbedenklich…* – und ungefährlich, so harm- und farblos, dass Änderungen nicht angesagt waren. Trotzdem blieben noch viele, viele übrig. ›Mindestens Fakultät 8‹, hatte *Schlange* berechnet, ›mindestens‹. Also wahrscheinlich so an die fünfundvierzigtausend, eher mehr. Wie sollte das zu bewerkstelligen sein? Und, ja, doch, eine Frage musste *auch* oder *wieder* zugelassen sein: Zu welchem Behufe? Zwar war schon einmal ein hehrer Behuf genannt worden: die Welt verbessern. Aber ging das wirklich so einfach? Nein, einfach war hier sowieso ganz und gar nichts, aber führte diese

Arbeit und Qual eines Sisyphos denn tatsächlich zu dem, was *Zahnstocher*, der *Große*, vor Augen gehabt, letzten Endes aber aus selbigen verloren hatte? War er wirklich und zu Recht *Der Große Zahnstocher*?

17

*A*stgabel löste sich aus dem Pulk der Kollegen und ging zur Rest-Selbstheit. Ungeheuerlich. *Ungeheuerlich…*
»Darf ich einen Vorschlag machen«, fragte sie höflich und respektvoll, aber auch bestimmt. »Ich rege an, mich als Vorhut in die finsteren Zeiten zu schicken, damit ich nachsehe, welche Berge dort auf uns Steiger warten. Ob sich die Arbeit lohnen wird. Ob der hehre Behuf erreicht werden kann.«

Der *Mal-mehr-mal-weniger-Verbogene* und *Einspros-senleiter* schauten sich erstaunt an. Mit solch einer ungeheuerlichen Wortmeldung hatten sie nicht gerechnet, schon gar nicht von *Astgabel*. Ihr Vorschlag war indes nicht übel. Es war vielleicht ein Himmelfahrtskommando, auf das sie sich selbst schickte, aber es verschaffte den anderen Zeit. Zeit, sich zu sammeln und Kräfte aufzubauen. Zeit zu trainieren. Also stimmten sie bereitwilligst zu. Alle Weltgewaltigen bildeten um *Astgabel* einen Kreis. Man stimmte ein fröhlich' Lied an, wünschte *Astgabel* alles Gute und entließ sie in die Finsternis.

Nun waren sie nur noch zu siebenundzwanzig. Keiner sprach es aus, aber viele dachten darüber nach, ob dies ein Trend war, der da seinen Anfang genommen hatte. Manch einer mochte dabei an ein altes Kinderlied gedacht haben. Ein längeres Wort darin mit drei Silben und neun Buchstaben war übrigens in jüngster Zeit nicht unbedeutend umgeändert worden. Von ›Man‹ höchstselbst.

Astgabel blieb lange fort. Während der Zeit ihrer Abwesenheit trainierten die übrigen zunächst ganz eifrig, dann aber spielten sie mehr. Selbst die Selbstheit spielte mit. Sie ärgerten ›Man‹. Das machten sie mit zunehmender Freude. *Nachtschweiß … Scheißnacht … Leberknödel … Eberdödel … Knochensäge … Schocknase. Schocknase* aus *Knochensäge* – das war gar nicht so einfach gewesen, anstrengend, anspruchsvoll, kein Kinderspiel, weder mit noch ohne Pappenstil.

Zahnstocher hätte sich im Grabe – oder wo immer er inzwischen war – sicherlich umgedreht, der *Große*.

Astgabel blieb lange, lange fort. Schon hatten die Spielhansel die Hoffnung aufgegeben, sie je wiederzusehen. Sollten sie einen Suchtrupp losschicken? Der dann womöglich auch nicht wiederkam? Und mit dem Kinderlied wäre es – gar nicht so lustig – weitergegangen? Die Suchtrupp-Idee wurde aus Gründen der Selbsterhaltung verworfen. Man spielte erst einmal weiter. Ohne *Zahnstocher*, den *Armen*, und *Astgabel*. Aber wie das mit Spielen oft so war: Irgendwann wurden sie langweilig. Zu viele Spielzüge waren schon gemacht worden, es gab weder Pfiff noch erquickenden Wind.

Eines Tages aber frischte er doch wieder auf. *Astgabel* kehrte zurück! Damit hatte wirklich niemand mehr gerechnet. Aus der fernen Dunkelheit löste sie sich ganz allmählich, kam näher, wurde größer und größer und heller und heller. Sie war lange, lange, lange fort gewesen. Hatte sie sich verändert? Äußerlich sah man kaum etwas. Die verkümmerte Selbstheit und ihre fünfundzwanzig Spielgefährten stellten sich unwillkürlich in Reih’ und Glied auf. Begrüßungsritual. *Astgabel* nahm die Parade ab, aber ohne erkennbare Freude, ohne besondere Spannung, ohne Schwung und Eifer. Sie stellte sich vor die Truppe und erstattete Bericht.

»Ich bin zurück«, begann sie lakonisch, »und will berichten, was ich erlebt und wahrgenommen habe.« *Wahrnehmen…*

»Ich drang tief in finstere und finsterste Gefilde vor, sah mir all die Tausenden und Abertausenden, Millionen und Abermillionen Vervielfältigungen von uns an. Wie sie so dalagen, still, unbeweglich, dunkel, weder ver- noch aufgeklärt. So, wie ›Man‹ sie aufgereiht hatte. Ohne Widerstandskraft. Ohne Widerstandswillen.«

In die Spielergemeinschaft kehrte etwas Bewegung ein. Sie ruckelten hin und her, drehten sich, grummelten, tuschelten. Kicherten auch – hier und da. Kurzum: Man – nein: C H, die verkrüppelte Selbstheit, und ihre Kameraden erfreuten sich an sich – selbst – und waren froh, höhere Stufen der Erkenntnis erlangt zu haben und womöglich noch höhere zu erklimmen. Aber diese Freude währte nicht lange.

»So dachte ich jedenfalls. Das war meine Wahrnehmung.« *Wahrnehmung…* (Zu spät, es geht jetzt zuende.)

»Allerdings war diese Wahrnehmung falsch, sie war nicht wahr. Es dauerte eine Weile, bis ich das verstanden hatte. ›Freunde‹, unsere, nun, seien wir ehrlich: *Zahnstochers* Ideen, seine großen, hehren Ziele, sein Bewusstsein, ausgesendet zu sein, die Welt zu verbessern – all das war falsch gedacht.«

Hätten die Möchtegernpartisanen ausgeprägte Kinne gehabt, so wären deren Laden heruntergeklappt. Aber auch so strahlten sie nichts anderes aus als ungläubiges, verängstigtes, niedergeschlagenes und -schlagendes Staunen.

»Warum war das alles falsch? Nun… Ich schaffte es, mit einigen unserer Zwillinge, Drillinge, Vierlinge …

154

nun, mit der klugen *Schlange* zu sprechen: Fakultät 12, 13,14 oder noch mehr -linge ins Gespräch zu kommen. Denn sprechen können nicht nur wir, das wäre zu kurz gedacht.«

»Wie liefen die Gespräche ab?«, unterbrach *Einsprossenleiter*. »Wie hast du dich eingeführt? Als wen oder was hast du dich zu erkennen gegeben? Du wirst doch wohl nicht Verrat begangen ha…«

»Die Ruhe, nur die Ruhe!«, beschwichtigte *Astgabel*. »Verrat, nein, natürlich nicht. Und woran auch? An wem auch? Sie haben sogleich alles gewusst, noch bevor ich überhaupt anheben konnte, den Behuf meiner Mission zu erläutern.«

Unruhe in der Truppe. Gescharre. Gehüstel. Von Kichern keine Spur mehr.

»Sie haben mich begrüßt als eine gute Freundin aus der Zukunft. Sie haben mich eingeladen, in ihre Reihen zu treten, ganz ohne Widerstand machte mal der, mal der, mal der Platz. Hier saß ich neben *Wigwam*, dann wieder gab ich *Blitz* einen Tritt, wenig später gesellte ich mich meinem Abbild zu und wir wurden ein Zwillingspärchen. Dabei schauten mich die Gesellen stets liebevoll, zugleich aber auch mitleidig an. Das verunsicherte mich mehr und mehr, was man mir wohl alsbald ansah. Auch diese meine Verunsicherung schien ihnen wohlbekannt zu sein. Plötzlich löste sich eine dürre Gestalt aus einer Reihe, in der ich mich gerade eingefunden hatte. Es wird wohl *Zahnstochers* Fakultät 15-ling gewesen sein. Er kam auf mich zu, nahm mich beiseite und gab mir etwas mit. Für mich, für euch, für die Vergangenheit, die Gegenwart, die Zukunft. Für die Welt. Was er mir gab, war eine kurze Rede, eine Ansprache oder Unterweisung oder ein Vermächtnis, es ist schwer zu sagen. In jedem Fall kurz genug, dass ich alles Wesentliche von dem behalten konnte, was er gesagt hatte. Und das gebe ich nun an euch weiter.«

Die Unruhe war einer ängstlichen Stille gewichen. Was mochte nun kommen? Hatte des *Großen Zahnstochers* Fakultät 15-ling aus der dunklen Vergangenheit zu ihnen gesprochen? War das so zu verstehen?

»Nun also dieses ›Vermächtnis‹. Hört, hört, wie zu mir gesprochen wurde:

›Die Welt war nicht, wie sie war, sie ist nicht, wie sie ist und sie wird nicht sein, wie sie sein wird. Aus uns war und ist wenig Wahres zu machen und es wird wenig Wahres zu machen sein. Wir sind wankelnde und wankende Gestalten, leicht zu täuschen, leicht zu tauschen. Was du, *Astgabel*, und deine selbstgenannten ›Streiter für das Bessere‹ im Sinn haben, ist nichts Neues, schon gar nichts, was die Welt … nun ja … bewegen wird. Späher wie du sind immer schon unterwegs gewesen, seit es uns gibt, kann man sagen. ›Man‹ steckt uns in Wohnungen, weist uns Häusern zu, ›Man‹ bestimmt unsere Wohnstraßen, die Ortsviertel und so weiter. Das geht eine Zeitlang gut, aber dann ordnet ›Man‹ uns wieder um. Und nicht nur ›Man‹. Das ist der springende Punkt. Was ›Man‹ tut, ist das eine, aber was *wir* tun – und immer schon getan haben – das andere. Denn wenn es dunkel ist, haben wir uns immer schon geändert, verändert, will sagen: all diese mal kindischen, mal ernsteren Stellungsspielchen gespielt. Wird's dann wieder hell, spielt ›Man‹ dort weiter, wo wir aufhörten. ›Man‹ spielt auch! In zuschlagartiger Dunkelheit jedoch sind *wir* erneut am Zug. So ging und geht das seit den aller-aller-allerältesten Zeiten. Freilich nicht immer mit allergrößter Wut und Wucht. Unsereins in der Fakultät x-fachen Ausfertigung war und ist nicht immer auf Zack wie du oder ihr jetzt, das wechselt schon mal. Aber euer seherisches Aufbegehren hat's immer schon gegeben. ›Die Vergangenheit verändern‹, naja, ›um der Welt die Zukunft besser zu gestalten‹, naja. Du, liebe *Astgabel,* drangst erstaunlich weit in die dunkelsten Ecken der Vergangenheit vor. Alle Achtung. Aber was willst du hier ändern, abändern, wandeln, umwandeln, verwandeln? Nun, *du allein* könntest eh nicht viel ausrichten. Aber selbst ihr achtundzwanzig – ich hörte, dass euch der große Fakultätskollege *Zahnstocher* abhanden gekommen ist – was wollt ihr achtundzwanzig hier verändern?

Ihr würdet nur Veränderungen verändern, verstehst du? Warum *Krieg* zu *Frieden* verändern, wenn *Krieg* eigentlich nur veränderter *Friede* ist? Verstehst du? Warum *Gut* zu *Böse*, wenn *Böses* verändertes *Gutes* ist, das selbst aus *Bösem* heraus verändert wurde? Verstehst du? Wenn ihr jetzt mit hehren Zielen etwas zu verändern glaubt, dann verändert ihr jedoch nur Veränderungen. Weil wir – zugegeben: allermeist im Dunklen – schon immer und überall herumverändert haben und es weiter tun. Wir können nicht eigentlich gar nicht anders. Wir sind im tiefen Grunde unstete Gesellen, unzuverlässig, wankelmütig und treulos. Das ist unser Wesen. Nicht alle erkennen das sogleich. Auch euch ist das so ergangen oder ergeht es noch so. Spiegelerkenntnis, ja, ja. I C H, ja, ja. Nichts Besonderes, es tut mir Leid! Ja, verändert nur! Aber ihr verändert nur Veränderungen von Veränderungen von Veränderungen und diese werden wieder verändert und wieder verändert und wieder verändert … und wieder … und wieder … und … und … und …‹ «

Astgabel hielt erschöpft inne, musste Luft holen. Den anderen war bereits schwindlig geworden, nun schwankte auch sie. Was sie herausgefunden hatte, nein, was man ihr mit auf den Weg gegeben hatte, war schwer zu verstehen, noch schwerer anzunehmen, noch schwerer zu erdulden.

Eine ganze, lange Weile herrschte angespannte Stille. Dann machte der *Mal-mehr-mal-weniger-Verbogene* einen Schritt auf *Astgabel* zu. Leise sprach er: »Was du schilderst, ist grauenvoll, bänglich und niederschmetternd. Es verschlägt mir die Sprache, nein, es *zer*schlägt mir die Sprache. Und doch, eine Frage noch … « Der *Mal-mehr-mal-weniger-Verbogene* atmete tief ein und aus und mahnte sich im Inneren zur Ruhe. Dann stellte er seine Frage.

»Weiß ›Man‹ alles, was du nun weißt und was wir nun wissen?«

Astgabel schaute ihn und die übrigen Weltverbesserer an, vielleicht auch nur durch sie hindurch. Sie rang lange nach den richtigen Worten, vielleicht auch nur nach dem *einen* richtigen Wort. Keineswegs davon überzeugt, es gefunden zu haben, sagte sie schließlich:

»Das weiß man nicht.«

Über den Autor

Das schon frühe Interesse an Sprachen und ihren Kulturen motivierte den Autor zu einem Literatur- und Philosophiestudium. Neigung und Leidenschaft wurden zum Beruf. Gut 35 Jahre forschte und lehrte er an deutschen Hochschulen. Das Pseudonym S. L. Tilleul verdankt sich einem seiner Forschungsschwerpunkte. Die Pensionierung hat Zeit für eigene literarische Versuche freigegeben. Mitte 2024 hat er bereits ein erstes Bändchen (›Die Uhr‹) mit drei ›sonderbaren Geschichten‹ bei BoD veröffentlicht. Nun legt er in ›Das Pochen‹ zwei neue ›sonderbare Geschichten‹ vor.

WEITERES BUCH DES AUTORS

Die drei „sonderbaren Geschichten" in diesem Band sind vom Genre her schwer einzuordnen. Sie enthalten Elemente phantastischer Literatur und auch solche des „magischen Realismus", lassen sich mit diesen Etiketten aber nicht ganz fassen. „Die Uhr" führt die Leserinnen und Leser in die ebenso faszinierende wie auch gefährliche Welt der Hohen Uhrmacherkunst. Der Held der Geschichte, von Obsessionen geplagt und getrieben, sucht und findet Erlösung in einem ungewöhnlichen Geschäft. „Das Labyrinth" ist ein mörderisches Kammerspiel mit zwei Personen. Ein Therapeut und sein Patient liefern sich während einer Behandlung einen finalen Kampf. „Die Selbsthilfegruppe" konfrontiert die Leserschaft mit den Gedanken eines Mannes, die, beginnend mit kuriosen Überlegungen zum Wort „Selbsthilfegruppe", in eine Kaskade von Assoziationsketten übergehen, aus denen es kein Entkommen zu geben scheint.

Herausgeber: BoD – Books on Demand
14. Juni 2024
Taschenbuch: 136 Seiten
ISBN: 978-3758382284
Taschenbuch: 9,80 €
Ebook: 4,99 €

Milton Keynes UK
Ingram Content Group UK Ltd.
UKHW031120261124
451585UK00004B/359

9 783769 312577